古诗里的中国情感

袁勇 著

清华大学出版社

北京

图书在版编目（CIP）数据

古诗里的中国情感 / 袁勇著 . —北京：清华大学出版社，2023.2
ISBN 978-7-302-62071-6

Ⅰ.①古…　Ⅱ.①袁…　Ⅲ.①古典诗歌 – 诗歌欣赏 – 中国 – 青少年读物
Ⅳ.① I207.2-49

中国版本图书馆 CIP 数据核字（2022）第 195100 号

责任编辑：范晓婕
封面设计：鞠一村
责任校对：赵琳爽
责任印制：宋　林

出版发行：清华大学出版社
　　　　　网　　　址：http://www.tup.com.cn, http://www.wqbook.com
　　　　　地　　　址：北京清华大学学研大厦 A 座　　邮　　编：100084
　　　　　社 总 机：010-83470000　　　　　　　　邮　　购：010-62786544
　　　　　投稿与读者服务：010-62776969, c-service@tup.tsinghua.edu.cn
　　　　　质量反馈：010-62772015, zhiliang@tup.tsinghua.edu.cn
印 装 者：涿州市般润文化传播有限公司
经　　销：全国新华书店
开　　本：170mm×230mm　印　　张：10.5　插　页：5　字　　数：87 千字
版　　次：2023 年 2 月第 1 版　　　　　印　　次：2023 年 2 月第 1 次印刷
定　　价：45.00 元

产品编号：099196-01

归园田居（其三）

〔东晋〕陶渊明

种豆南山下，草盛豆苗稀。晨兴理荒秽，带月荷锄归。

道狭草木长，夕露沾我衣。衣沾不足惜，但使愿无违。

送元二使安西

〔唐〕王维

渭城朝雨浥轻尘，客舍青青柳色新。

劝君更尽一杯酒，西出阳关无故人。

江畔独步寻花（其六）

〔唐〕杜甫

黄四娘家花满蹊，千朵万朵压枝低。

留连戏蝶时时舞，自在娇莺恰恰啼。

忆江南

〔唐〕白居易

江南好，风景旧曾谙。日出江花红胜火，春来江水绿如蓝。能不忆江南？

山行

〔唐〕杜牧

远上寒山石径斜，白云生处有人家。

停车坐爱枫林晚，霜叶红于二月花。

卜算子·咏梅

〔宋〕陆游

驿外断桥边，寂寞开无主。已是黄昏独自愁，更着风和雨。

无意苦争春，一任群芳妒。零落成泥碾作尘，只有香如故。

序

　　我曾经和一位中学老师谈论怎样读古诗的话题，谈到很多小孩在家长的鼓励下能背诵不少名作，但长大以后，这些曾经背得很熟的古诗在他们头脑里并没有留下多少印象，慢慢就被淡忘了。这是什么原因呢？

　　我们归纳了一下，觉得普通人学古诗，大致有三个不同的阶段。最初是人在幼年的时候，把古诗当作歌谣来记诵。古诗节奏和谐，韵律优美，小孩读起来摇头晃脑，感到很有味道。古诗的意思小孩只是含混地知道一点，懂不懂也并不重要。其次是小孩长成少年后，需要对古诗有深入的理解，需要懂得古诗中的思想、情感与趣味，以及这些内容如何通过恰当的语言形式表现出来。如果没有这样一个变化，原来作为歌谣来记诵的朗朗上口的古诗就不能满足少年智力成长的需要，就会被淡忘。至于第三个阶段，就更复杂了。因为一首古诗，特别是脍炙人口的佳作，不只是诗人灵光一现的产物，它和深远的历史、广大的社会背景有内在的血脉关联。这种潜在的文化因素发生作用的过程是微妙的，甚至作者也未必清楚地意识到。所以，我们读解一首古诗的时候，能够调动的背景资料愈是丰富，作品向我们展开的层次也就愈是丰富，景象也就愈是动人。于是读诗真正成为精神的遨游。

小孩读古诗，从懵懵懂懂的状态向着更高的阶段进发，真正建立起对古诗的兴趣，能不能全凭自己摸索呢？这个很难，还是需要引导的。而引导人的知识体系是否健全，思维是否通透，趣味是否高雅，又决定了引导的效果。

袁勇所著的《古诗里的中国情感》，就是一部引导少年读懂并由此爱上中国古诗的书。

袁勇和曹文轩先生合作编选过"纯美儿童文学读本"丛书。书中印有对两位主编的简介。关于袁勇的部分，我注意到两方面的信息：一是他曾长期担任中小学语文教师和语文类少儿报刊编辑、主编，是河南省儿童文学学会副会长、儿童读写指导中心主任。这表明袁勇在少儿语文教育这一领域耕耘多年，富于实践经验，在同行中受到尊重和信赖；二是他主持或参与编写过各种图书，其中有好几种是关于古文字的，包括《〈说文解字注〉研究文献集成》这种专业性很强的著作。他也喜欢透过古文字来讲解古诗文。这表明袁勇跟小孩子谈古诗的时候，他是有靠山的，他的专业修养的靠山很厚实。

然后我们来看这本书——《古诗里的中国情感》。

选一些古诗为少年做讲解，有不同的视野和不同的角度。袁勇偏重的是"中国情感"。得失荣辱，穷通契阔，生老病死，喜怒哀乐，都是人世常见之事。我们的先人是如何看待这些人生遭际的呢？他们怎样理解由"人生在世"而造就的人与人、人与世界的关系？古诗中的情感表达，描摹出"何以为中国人"的生命姿态和精神风采。而今日的少年从这一路径进入古诗的天地，也就由此建立了个人生命与民族文化传统的深刻联系。

曾经有一位家长向我表示，他为自己的孩子过于喜欢诗歌而忧虑。因为在他看来，人世是冷酷而严峻的，诗过于感性，会使人的人格弱化，经不起严酷的竞争。这好像有点道理，其实是似是而非。一个人具有理性力量，精神强大，并不意味着他必然情感淡薄。就像袁勇告诉我们的，刘禹锡的豪迈，苏东坡的旷放，辛弃疾的雄峻，此等"中国情感"，无不是英雄气概。倒是情感苍白贫弱的人，很难培养出强大的意志。人若无所爱，还有什么真正要坚持的呢？

袁勇说诗，话语很显豁，譬如他说陶渊明"曾经是一位县长"，不愿意"讨领导欢欣"，大白话，容易懂。但他要告诉我们的东西并不简单或浮浅。陶渊明《归园田居》（其三）有句云"但使愿无违"，袁勇分解说："其实一个人如果不违背心意，让自己的心灵得到了妥善的安顿，寻找到了真正的自我，确定了自己生活的方式，那么还有谁，还有什么，能让他感到不幸福、不快乐呢？"这是恰如其分的话。

我和袁勇以文字相交有十多年，彼此也可说是相知，却素未谋面。今年春夏之际，我原本安排了河南之行，却因为疫情被封在家里，很无奈。这几日，我为写这篇短序而读他的文章，颇有古人说"读其书，想见其为人"的意味。我对袁勇为人的评价，是正直、热情、好恶分明，且不乏坚韧。他对孩子是一片赤诚。所以，孩子听他说古诗文，是成长中的好事。

骆玉明

2022 年 8 月

于上海

骆玉明，复旦大学中文系教授、博士生导师，《辞海》编委、中国古典文学分科主编，上海高校名师。著有《简明中国文学史》《近二十年文化热点人物述评》《纵放悲歌：明中叶江南才士诗》《老庄哲学随谈》《世说新语精读》《诗里特别有禅》等。

目录

Ⅴ

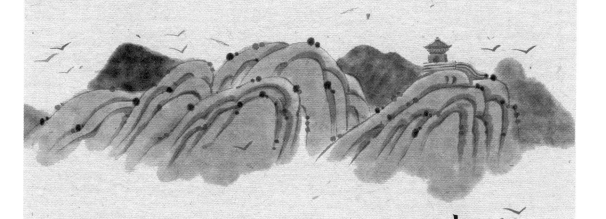

归隐：该怎样安顿心灵？

——读陶渊明《归园田居》（其三）

归园田居（其三）

〔东晋〕陶渊明

种豆南山下，草盛豆苗稀。

晨兴理荒秽，带月荷锄归。

道狭草木长，夕露沾我衣。

衣沾不足惜，但使愿无违。

辞　　职

陶渊明曾经是一位县长。

对于许多热衷名利的人来说，县长实在是一个值得艳羡的职位。然而，陶渊明做得很不开心，尤其是要面对比他更高一级的领导时。陶渊明是一个性情中带点纯朴和笨拙的人，他不乐意改变自己，不乐意为讨领导欢心而根据领导的喜好去进行违心的逢迎。于是，他放弃了每月的薪水，放弃了"五斗米"，把官帽高高挂在办公室的衣架上，起身翩然离去。他辞职了。

他靠什么养活自己呢？

陶渊明出身贵族，虽然在辞职后的很长一段时间里，他也曾拥有广阔的田地和众多家丁，并且与一些友好的官员保持着联系，但我们从他的诗集里可以了解到，这位喜欢弹无弦琴、读书不求甚解，而且喜好饮酒的诗人，也开始用他那白皙的双手参加农业劳动了。到后来，他甚至有过一阵子求乞的经历。

他辞职后过得快乐吗？

生活，也许是一个永远也画不圆的圈，总有着缺憾。拥有了这边，或许就要丢弃另一边，无法获得两全之美。那么，该如何衡量其中的得失呢？

种　豆

陶渊明在南山下种豆子，这种高蛋白农作物营养和肉相类，很有食用价值。然而"草盛豆苗稀"，不知道是由于他缺

乏种植经验，还是有一些耽懒，横竖眼下给豆苗除草成了他一切工作的"重中之重"。于是，他一大早就扛着锄头去田里劳作，一直忙碌到月亮升上天空，才扛着锄头回家去。

初秋的傍晚，天气有些凉了，空气中的水汽遇冷凝结在草木叶子上，形成了露水。诗人走在山野间狭窄的小路上，伸展到小路上的草木茎叶总是牵拂着他的胳臂、衣裳，甚至脸颊，露水把他的衣裳都打湿了。湿漉漉的诗人，恐怕肌肤上布满了凉意，也感到有些疲惫和饥饿了。

这样的日子，怎么能和当县长的时候相比呢？

无　　违

然而，诗人说："衣沾不足惜，但使愿无违。"

他表面上只说衣裳被打湿，其实也是在说他所面临的凉冷、疲惫、饥饿。这一切都没有什么值得他遗憾和后悔的，只要他没有违背自己的"愿"。愿，心意也。他觉得，只要自己不去做违心的事情，受再多的苦又有什么关系呢？他情愿去经历这一切，因为这一切虽然辛苦，却并不会给他带来屈辱感，不会让他心灵的明镜染上尘埃。

人总是耗去一生的时光去寻求快乐和幸福的真意。那么快乐和幸福在何处呢？"但使愿无违"——其实一个人如果不违背心意，让自己的心灵得到了妥善的安顿，寻找到了真正的自我，确定了自己生活的方式，那么还有谁，还有什么，能让他感到不幸福、不快乐呢？

在物质利益的重要性愈发被夸大的今天，细细品味一下陶渊明的这首诗，也许更有利于我们安顿好自己茫然无措的心灵。

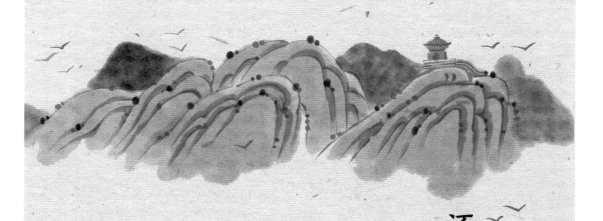

还乡：孩子们也喜欢他

——读贺知章《回乡偶书》（其二）

贺知章，是唐代著名的诗人。

他留下的作品不多，知名度却很高。这一方面是因为他流传下来的诗如《咏柳》《回乡偶书》，的确写得很好；另一方面，不得不说，这和他为人乐观开朗有很大关系。

一个有趣的人

贺知章是一个非常有趣、无比好玩的人。

陆象先是贺知章的一位本家姑姑的儿子，曾引荐他到长安做官。两个人关系很亲密。陆象先经常对别人说："贺知章说起话来又真诚又自在，他真可以称得上是才华出众、风度潇洒。我和别的平辈或晚辈离别久了不会想念，可要是一天不见贺知章，我就觉得自己变得俗气了。"

贺知章和唐玄宗的关系也很好。他在宫中长期担任主持礼仪的官职，并担任皇太子的训导调护者（太子宾客），晚年还掌管国家的经籍图书，总领负责撰写碑志、祝文、祭文的著作局（任秘书监）。他幽默诙谐，很受唐玄宗和皇太子器重。

贺知章善于赏识、提拔年轻人。李白刚到长安时还不太出名，贺知章见到李白，又读了李白写的诗，不禁惊呼道："你不是人啊！你可是天上被贬到人间的仙人！"他当即把身上佩戴的"金龟"（唐代三品以上官员盛放符信的饰金佩饰）解下来，换成酒款待李白。

贺知章很喜欢喝酒，和李白、张旭等人并称"饮中八仙"。杜甫在《饮中八仙歌》中写道："知章骑马似乘船，眼花落井水底眠。"

喝醉了酒的贺知章，骑马就像乘船，身子前后摇晃，坐都坐不稳。他眼已经花了，就算掉进井里也不会醒来，只会在井底呼呼大睡。杜甫笔下贺知章醉酒的样子，真是憨得可爱！

据记载，山西抱腹寺石刻中，有一首贺知章醉酒后所作的诗。作诗时，他已八十多岁了。诗的题目和末尾的题记中，有"醉后""正癫发时作""狂病"这些描述醉酒的字眼。可见他晚年时，的确像史书中记载的那样，性情变得更加狂放

自由，不受礼节的约束。

他的《放达诗》中也写道："落花真好些，一醉一回颠。"意思是说，落花时节真好，自己喝醉一回，就要发一回酒疯。

贺知章还是一位大书法家。唐人留下的书法史料中记载，他喜欢写大字，无论是十张还是二三十张纸，他总能恰到好处地在纸将用完时把要写的内容写完。

宋代《宣和书谱》记载，北宋末年的皇宫里还收藏有贺知章的十二种草书作品。而如今，只有他的草书《孝经》留存了下来，现藏于日本。

唐代诗人权德舆、刘禹锡、温庭筠分别在不同地方见到过贺知章的草书并写诗赞美他的人格和才华。

贺知章还乡

唐玄宗天宝二年（743 年）十二月，担任太子宾客和秘书监的贺知章已经八十五岁了。他生了一场病，做了一个成仙的梦，于是就上书唐玄宗，说自己希望出家做道士并返回故乡山阴（今浙江绍兴）。

唐玄宗准许了他的请求，亲自作诗为他送行。在新年的正月初五，贺知章启程还乡。满朝官员在都城长安东北方向十里外的长乐坡举行宴会，为他饯行，许多人都写下了送别的诗。这些诗歌，有很多都流传了下来。

作为贺知章忘年好友的李白，也参加了送别的宴会，并写诗赠别贺知章。令人感动的是，当宴会结束，官员们纷纷返回京城时，李白又继续陪伴这位老人向东而行，一直将他送到了六十里地之外的阴盘驿。

李白在那里写下了《阴盘驿送贺监归越》（山阴是古代越国的一个地方），才依依不舍地与贺知章分别。李白的这首诗，连同题目，被完整地保存在敦煌石窟的唐人抄本中。

孩子们也喜欢他

贺知章回到故乡的时候，已经是第二年春天了。他写了两首题为"回乡偶书"的诗，下面是其中的第二首：

回乡偶书（其二）

〔唐〕贺知章

少小离家老大回，乡音无改鬓毛衰。

儿童相见不相识，笑问客从何处来。

从小时候离开故乡，到八十六岁回到故乡，几十年的时光过去了。贺知章大半生都在长安度过，可当他回到阔别已久的故乡时，仍是一口家乡口音，而不是满嘴的"京腔""官腔"，可见他对故乡的热爱和对乡音的珍视。

贺知章作为一位久居京城的高官，返回故乡时，并没有表现出任何居高自傲的做派。在诗中，他纯粹以一个普通老人的面貌出现。虽已年迈，可他觉得哪怕离别再久，自己仍是故乡的儿子。他觉得自己似乎什么都没有改变，只不过是头发已变得稀疏罢了。

作为一个活泼率真、幽默诙谐的诗人，贺知章在面对故乡的人们时，绝不会板起脸孔、装模作样，哪怕面对的是天真无邪、对他一脸陌生的孩童。

孩子们见到这位陌生的老人，仔细打量着他，还以为他是谁家的客人。虽然不认识他，可孩子们和他相处时，能感觉到他既好玩又亲切。他一定用慈爱的眼神、亲热的态度、幽默有趣的话题，激起了孩子们同他谈笑的兴趣，并赢得了孩子们的好感。

儿童是最不善于伪装的。诗中的一个"笑"字，表现出孩子们对贺知章的信赖、亲近和喜欢。孩子们笑着问他是从哪里来的客人。贺知章也许会笑着回答："我是哪里来的客人？我可不是客人，我就是这里人。我像你们这么大时，你们的爷爷也还是小娃娃呢！"

孩子们的笑语，准会勾起贺知章对童年的回忆。从少小到老大，时光的流逝竟是这样迅速。然而，贺知章并不感到悲伤和低落，反倒以轻松乐观的心态接受着这一切。天真、活泼、可爱的孩子们，一定会为他带来许多的快乐。

也就在回到故乡的这一年，贺知章去世了。

李白的怀念

贺知章去世后，李白写下两首《对酒忆贺监》来怀念他。

对酒忆贺监（其一）

〔唐〕李白

四明有狂客，风流贺季真。

长安一相见，呼我谪仙人。

昔好杯中物，翻为松下尘。

金龟换酒处，却忆泪沾巾。

对酒忆贺监（其二）

〔唐〕李白

狂客归四明，山阴道士迎。

敕赐镜湖水，为君台沼荣。

人亡馀故宅，空有荷花生。

念此杳如梦，凄然伤我情。

后来，李白又写下一首《重忆》，再次回忆起这位可敬可爱的老朋友。

重忆

〔唐〕李白

欲向江东去，定将谁举杯。

稽山无贺老，却棹酒船回。

李白在诗里写道：我想用船载满美酒到江东去，再陪贺老一起举杯畅饮。可是，如今贺老已经不在了，我还是驾船返回，再也不要到那里去了吧！

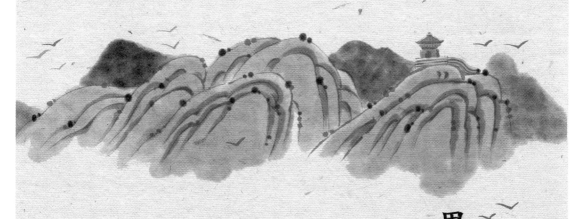

思乡：月亮近了，故乡远了

——读孟浩然《宿建德江》

《宿建德江》是唐代山水田园诗人孟浩然的五言绝句。

宿建德江

〔唐〕孟浩然

移舟泊烟渚，日暮客愁新。

野旷天低树，江清月近人。

这首诗是孟浩然在吴越地区（今江苏、浙江一带）漫游时的作品。他乘船沿着新安江旅行，在日暮时分，将船停在江边的沙洲旁。建德江是新安江在建德境内的一段江水的别称。

现在，就让我们通过对诗中几个关键字词的品读，来欣赏一下这首流传千古的名诗吧！

诗人晚上住在哪里？

诗的标题为"宿建德江"。诗人晚上住在哪里了呢？诗的题目，以及诗中的描写，交代了答案。

"宿"在甲骨文中写作：

你看，前面的字形，多像一个人睡在草席或竹席上啊！席子上的花纹都被描绘出来了。而后面字形中的这个人，待遇似乎比前面那位好了很多，他是睡在房间（宀）里的席子上。

"宿"的字形不断变化，在小篆中写作：

在隶书中写作：

"宿"隶书的写法已经和今天楷书的写法差不多了。席子的形象，在今天的字形中变成了"百"，人们就很难一下子明白"宿"写法中所蕴含的意思了。

"宿"的本义是在旅途中停下来住宿。

这天晚上，诗人住在了建德江的江面上。准确点说，诗人是住在了船上。而船，就停泊在建德江旁一个沙洲的边上。

诗人既可以看到江面的景色，又可以看到江边辽阔的陆地上的景象。

"泊"怎么读？

"泊"在甲骨文中写作：

在战国的竹简或帛书中写作：

在东汉的隶书中写作：

"泊"的本义是船靠岸、停船。

在这首诗里，诗人划动小船，把小船停靠在"烟渚"——雾气笼罩的水边陆地旁。这里的"泊"，读 bó。

"泊"是一个多音字。当它表示湖泽、大片水域时，读pō，如湖泊、水泊梁山、罗布泊。

"暮"指什么时候？

诗人把小船停靠在烟渚时，已经是日暮时分了。

"暮"在古代本来写作"莫"，在甲骨文中是这样写的：

前面的字形，像一轮夕阳落下来，落在了草丛里。后面的字形，像一轮夕阳落下来，落在了树林里。

"莫"表示日落时分，也就是傍晚。古代照明设施简陋，一到傍晚，人们就要回家休息了，因为天黑后到处黑漆漆的，什么工作也做不成。于是，"莫"就有了不要、禁止的意思。

后来，人们在"莫"的下面又加了一个"日"，创造了"暮"，来专门表示日落时分的意思。

傍晚时分，天渐渐黑下来，诗人来到了一个陌生的地方。周围的人，他不认识；周围的景色，他不熟悉。

于是，他的心里难免会产生一种孤独的情绪，涌起淡淡的忧愁。这种忧愁，是他白天在江上行船时所没有的。于是，他写道："日暮客愁新。"

"客"指出门在外的人。王维的"独在异乡为异客"，很好地说明了"客"的本义。

没有人说话谈心，诗人只好孤独而忧愁地打量着周围的景色。他又看到了什么呢？

"天低树"是什么意思？

"野旷天低树。"

诗人的小船，停靠在一片平坦而开阔的陆地边。他将目光穿过近处枝叶稀疏的树木，投向辽阔空旷的原野，只看到远处的天空比近处的树木还低。

树木本来不可能比天高。可当诗人坐在船头远望原野的时候，由于近处的树木遮蔽了远处的天空，他便觉得天空比树木还低，树木比天空还高。

"天低树"的意思是：天空比树木还低。

这是一种奇妙的错觉。这种错觉，只有当心灵处在不同寻常的环境中时才会产生。

这句写景的诗历来被人们称道，一个很重要的原因就在于它写出了诗人身处异乡时那种孤独、新奇而又陌生的感觉。

"近"字表现了诗人怎样的心情？

在孤独的同时，诗人对周围的事物，又有着一种奇异的新鲜感和陌生感。

当他把目光从原野与天空相接的地方转移到水面上时，看到了月亮映在清澈江水中的影子。

皎洁的月影在宁静的江水中晃动着，天上的月亮似乎触手可及。于是，他写道："江清月近人。"

这种近，不仅仅是月亮与诗人距离上的接近，更是二者情感上的亲近。

人类对于月亮的感情是深挚的。月亮的圆缺虽然在不断变化，但人们无论走到哪里，看到的月亮总是那个熟悉、亲切的样子。它总是和自己家乡的月亮一样，总是和自己童年的月亮一样，总是和自己与亲人在一起时见到的月亮一样。

在这天色越来越暗的异乡，诗人低头看看江水中月亮的倒影，再抬头看看天空中悬挂的月亮。

它是那么明亮，又是那么安静；它是那么遥远，又是那么切近……

"江清月近人。"

此时的诗人，觉得只有那明亮而又熟悉的月亮，和自己是亲近的了。

这样的诗句，反衬出了诗人当下的孤独与身处异乡时的忧愁和感伤……

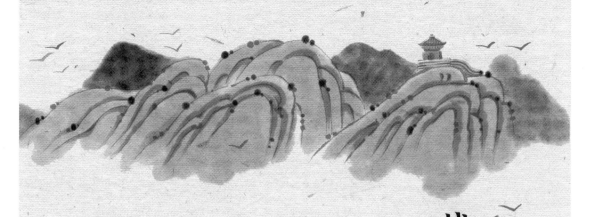

战争：怎样才能不再打仗？

——读王昌龄《出塞》

《出塞》是唐代诗人王昌龄的边塞诗。

出塞

〔唐〕王昌龄

秦时明月汉时关，万里长征人未还。

但使龙城飞将在，不教胡马度阴山。

王昌龄的生平资料，留下来的很少。人们从他现存的诗文中推断，他应该是在年轻时到过边塞。人们通常认为，他的边塞诗是他诗歌中最重要、艺术成就最高的一类。

《出塞》这首诗很有名，有古人曾把它看作是唐代七言绝句里最好的作品。它好在哪里呢？现在我们就从以下几个方面来欣赏它。

"出塞"是乐府古题

"塞"是指边界上险要的地方。"出塞"就是远出边塞。

走出边塞，进入别的国家或别的民族地区，要么是出使，要么是出兵打仗。所以，以"出塞"为题的诗，内容多写将士们的边塞生活。

这样的诗，在西汉的时候就出现了，当时还可以配乐演唱，曲调悲壮。这种诗被称为乐府诗。

可见，《出塞》是王昌龄用古代的乐府诗题目来表现唐朝边塞生活的一首古体诗。

一　幅　图　画

诗的前两句，向我们展示了一幅明月照边关的图画。

"关"与"塞"是同义词，指古代在险要的地方或者国界处设立的有驻军的出入口。一轮古老的月亮，照耀着荒凉的关塞。

离家乡无比遥远（"万里"是夸张的说法），出征在外，

驻守在边塞的士兵们看到这样的月亮，内心该多么孤独啊！他们怎会不想念自己的家乡和亲人呢？可是，他们能回来吗？

"万里长征人未还。"

回不来。有的征人，还守卫着边关，而有的征人，早已经战死了。

好的唐诗，通常以画面来表现主题。而这首诗的画面，还有着不同寻常的特点。

无比远大的时空感

"秦时明月汉时关。"

如果我们对这句诗仔细加以琢磨，就会有一些不解：难道秦朝时只有明月而没有边关，汉朝时只有边关而没有明月？明代的大才子杨慎，就曾经对这首诗产生过这样的误解。

事实并非如此。这句诗的意思是：秦汉时的明月，照耀着秦汉时的边关。

这句诗运用了互文的修辞手法。互文是指为了语言的简练，诗文中的上下文各省略了一些词句。阅读这样的诗文时，要把上下文互相结合起来理解，才能合并出完整的意思。

"秦""汉"两个字，表明边疆的战争由来已久。那时，北方胡人的侵扰，一直威胁着中央王朝的统治。这样的威胁，同样是唐王朝所面临的严峻问题。

诗的首句，一下子把时间拉得很远，表明战争历来都在干扰着人们的和平生活，给人们带来巨大的苦难。

"万里长征人未还"中"万里"两个字，则表明战争波及的范围很广。远在内地的人们，也不得不为了保卫边疆而常年驻守边关，有的甚至献出了生命。

诗的前两句，写出了无比远大的时间感和空间感，写出了战争带给人们的灾难是多么巨大。

怎样才能不再打仗？

那么，怎样才能不再打仗呢？

诗人在后两句诗中发表了他的见解。"但使"是只要的意思，表示假设。"龙城飞将"通常认为是指西汉的飞将军李广。李广曾带兵驻守在卢龙城（在今河北省卢龙县），他爱护士兵，又武艺超群、熟悉兵法，因而威望很高，北方的匈奴人都不敢袭扰他守卫的地方。

"不教"即不让。"胡马"指胡人的军队。"度"指越过。"阴山"是绵延于中国北方的山脉。古时候，北方的少数民族常常越过阴山，侵扰内地。

诗人认为，如果有飞将军李广这样的名将守卫边关，敌人就不敢再来侵扰了，保卫边疆的士兵们也就不用再长年累月地打仗了。

诗人的情绪

那么，诗人所处的时代，究竟是怎样的呢？

唐玄宗在执政后期沉醉于享乐，唐王朝内忧外患。在与北方民族发生的战争中，唐王朝常常失败，给将士和百姓都带来了深重的灾难。由此可见，诗人在后两句中对良将的呼唤，其实是批评了当时守将的昏庸无能。

这首诗，一方面表达出诗人对守边士兵痛苦的同情，另一方面表达出诗人对国家边疆饱受侵扰的担忧，体现了诗人强烈的社会责任感和正义感。这也是它历来受人喜爱的原因之一。

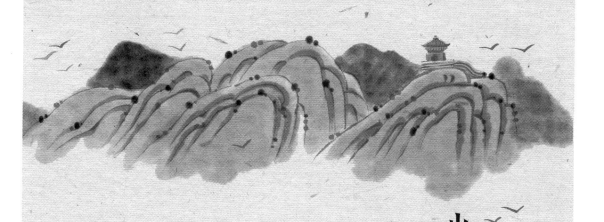

出关：离别的深情

——读王维《送元二使安西》

　　唐代诗人王维的《送元二使安西》，是中国古代一首著名的送别诗。

送元二使安西

〔唐〕王维

渭城朝雨浥轻尘，客舍青青柳色新。

劝君更尽一杯酒，西出阳关无故人。

　　从唐代直至五代时期，这首诗是可以配乐演唱的。白居易、刘禹锡等诗人，都曾在诗中提到当时人们演唱这首诗的情况。

　　诗的第一句中，开头二字是"渭城"。渭城也是这首诗所述的送别地点。所以，这首诗又称《渭城曲》。

　　演唱的人，把诗中的句子一次次地反复吟唱，感人至深。重复唱一次，叫作一叠；重复唱多次，称为三叠（"三"表示多次）。所以，这首诗又称《阳关三叠》。

由于这首诗脍炙人口，流传广泛，在古人的诗文中，"渭城曲""阳关曲"就成了送别诗歌的代称。接下来，我们就从多个方面，来欣赏这首表达送别之情的千古名诗。

两 个 人

诗人王维是这首诗的作者，也是诗中的送行者。

王维是唐代著名的大诗人，他的边塞诗和山水田园诗成就很高，达到了盛唐诗歌的巅峰。

他也是一位重感情的人，热爱交友，朋友众多。在他的诗集里，仅送别诗就有七十多首，内容多是表现朋友之间的相思惜别、关怀体贴和鼓励劝慰。当然，这其中要属《送元二使安西》最著名。

元二是王维的"故人"——老朋友，也是诗中的远行者。

元二姓元，但名字并不叫作二。唐代人习惯在一个人姓的后面加上他在家族兄弟中的排行，来称呼这个人。比如，李白为李十二，杜甫为杜二，韩愈为韩十八，白居易为

白二十二，刘禹锡为刘二十八，高适为高三十五，张籍为张十八。韩愈的诗《早春呈水部张十八员外》，就是写给担任水部员外郎的张籍的。元二也就是元老二。

很可惜，元二究竟是谁，是一个怎样的人，古籍中留下的资料很少。与王维同时代的诗人杜甫，写过一首《送元二适江左》，说的是送别元二去往江东（今长江下游以东地区）。如果两首诗中的元二是同一个人的话，我们可以推断出，他或许是一个长期漂泊不定、喜爱谈论兵法的人。

三 个 地 名

这首诗中提到了三个地名：安西、渭城、阳关。了解这三个地名，将会对我们理解这首诗很有帮助。

安西，即安西都护府，是唐代设置的镇守我国西北边疆地区的军政机构。当时，它的官署设在龟兹（今新疆的库车），那里经常因边疆民族的叛乱、入侵而发生战争。元二接受了朝廷的委派，即将出使那里。

渭城是诗人送别元二的地方。那里本是秦代的都城咸阳，因在渭河的北岸，汉代改称渭城。渭城在唐代都城长安

（今西安）的西北，是长安人送别西去亲友的地方。从诗中可以看出，王维是在渭城的客舍（驿站）里举行酒宴，送别元二的。

阳关是我国古代著名的关塞，在今甘肃省敦煌市西南的古董滩附近，因为处在玉门关的南边，所以称阳关（古代常以"阳"指山或城的南边、水的北边）。去安西都护府官署的所在地龟兹，需要经过阳关，再继续西行很远的路。

作为朝廷的使者，元二所凭借的交通工具应该是马。他将要从渭城出发，在尘土飞扬或者遍地泥泞、乱石崎岖的道路上奔波大约三千公里，才能够到达龟兹。

了解了这些，我们就能够更深切地理解这场送别中每个人物的心情。

送别的场景

我们回到这首诗，看一看诗中所描述的送别场景。

"渭城朝雨浥轻尘。"一个"浥"字，写出了许多美好的情味。

古代的道路多是土路，不下雨时往往尘土飞扬，雨下大

了又会遍地泥泞。"浥"指湿润、沾湿。这场朝(zhāo)雨——清晨的小雨，真是和送别的人们心有灵犀！雨微微润湿了地面，使平时扑向行人的轻飘的尘土不再飞扬，这真是一个适合出发的好日子、好时辰！一个"浥"字，描绘出一个空气清新湿润、一片洁净的美好世界，包含着诗人对友人的关切，对友人在好日子里出发的欣慰。一个"朝"字，也点明了送别的时间。

"客舍青青柳色新。""客舍"指旅店或驿站的房屋，这是送别的地点。"青青柳色新"指客舍旁边的柳树经过朝雨的洗涤和润湿，显得越发青翠碧绿，看上去无比新鲜洁净。这句诗里仍充满了美好的情谊，蕴含着诗人对友人的安慰和美好祝愿。

诗中写到柳树，也许还有一个用意。古代的驿站、旅店旁边往往种植柳树。古人有折柳枝送别的习俗。"柳"和"留"读音相近，折柳有挽留友人、不忍分别的意思。同时，柳树是一种生命力极强的树，随地可以生长成活，折柳也有勉励友人随处可以安身的用意。

道路上一尘不染，客舍边柳色青青。诗人和友人坐在客舍中，看着外面清新的世界，把酒惜别。诗的后两句意思是说：我勉励您，再喝下这一杯酒吧！因为您向西远行，走出阳关之后，就再也见不到我这样的老朋友啦！

"劝君更尽一杯酒，西出阳关无故人。"这本是诗人与友人惜别时随口脱出的话，话中却包含着诗人对友人无限的深情，有留恋，有关切，有担忧，也有勉励。毕竟，友人要去的地方，是远在三千公里之外的安西。元二一定会眼含深情地端起这杯酒，一饮而尽。

诗人仅用二十八个字，就描绘出一个清新明丽的世界，抒发了对友人无限的深情。由于这首诗真切地写出了一般人离别时所共有的情感，所以它历来受到人们的喜爱。

写作的诀窍

这首诗虽然只是一首短小的七言绝句，却蕴含了丰富的写作技巧。

首先，是出色的场景描写。

诗人不仅点明了送别的时间和地点，还生动、准确地写出了送别场景的特点。被朝雨润湿的路面，清新鲜绿的柳树，殷勤的劝酒，这一幕幕场景，不但会永远留在诗人和友人的

记忆里，也长久地留在了中国诗歌的历史中。我们写人记事时，如果能留心写一写人物和事件所处的场景，也一定会让人物和事件给人留下更深刻的印象。

其次，是可贵的口语的采用。

诗的后两句，虽然是诗人当时脱口而出的大白话，却感人至深。这两句平白浅显的话语，可以让人感受到诗人与友人依依惜别的深情，体味到诗人对友人无限的关怀、体贴、担心、勉励。而这一切，诗人并没有直白地表露出来，并不说破，而是表达得含蓄委婉、耐人寻味，要靠慢慢体会才可以感受到。

明代文学家胡应麟在《诗薮》里赞誉这两句诗说："自是口语而千载如新。"意思是说：原本是口语，却历经千年，读起来仍感到很新鲜。

口语就是口头所说的大白话。我们去夏令营，妈妈会说："要注意安全。"我们狼吞虎咽时，妈妈会说："别急，慢点吃。"我们衣服穿少了，妈妈会说："穿上衣服，别着凉。"我们考试失利时，妈妈会说："别灰心，加油，妈妈相信你行的。"这些平平常常的话，都是生活中最珍贵、最动人的口语，比那些用巧妙的修辞手法加工过的优美词句要更加感人。

我们要善于在作文里，恰当运用这样朴素而动人的口语。

最后，是首尾的照应。

这首诗虽然短小，却也做到了首尾的照应。结尾一句中的"西出阳关"，很好地照应了题目中的"安西"。诗的题目与句子中一再出现遥远的地名，正是为了表达诗人对友人的惜别、关切、担心、安慰。这样的首尾照应，使得这首诗像是一个圆满的珍珠，更加完美，更加璀璨夺目。我们写作文时，如果也能常常想着我们的作文到底要表达什么意思，知道在结尾的时候回到这个意思上来，我们的作文结构也就变得更加完美了。

送别：策划一场惊喜来送你

—— 读李白《赠汪伦》

　　李白是代表唐代诗歌最高成就的诗人。他勤奋博学，才华横溢，行侠仗义，蔑视权贵，在唐代就拥有众多的"粉丝"。就是这样一位大诗人，却为一个名不见经传的人物汪伦，写下了一首流传千古的诗歌：

赠汪伦

〔唐〕李白

李白乘舟将欲行，忽闻岸上踏歌声。

桃花潭水深千尺，不及汪伦送我情。

　　一个籍籍无名的人物，为什么能赢得李白这样热情的赞美和高度的推崇呢？

袁枚的说法

清代诗人袁枚在《随园诗话·补遗》中这样说：

汪伦是一位才能、胆识过人的豪杰。他听说李白将要来泾县（桃花潭所在地），就写信"忽悠"李白，说他那里有十里桃花、万家酒店，可以满足李白游玩和饮酒的兴致。

李白高高兴兴地到了，才知道"桃花"不过是桃花潭，"万家酒店"不过是姓万的人开的酒店。李白上了当，反倒觉得汪伦挺有意思，就在那里尽情游玩了几天。

分别时，汪伦赠给李白名马八匹、官府的织锦十端，并亲自为李白送行。李白很感动，就写下了《赠汪伦》这首诗。

袁枚的这种说法，把李白描绘成了一个收到厚礼就写赞美诗的"财迷"诗人。

曾写过"千金散尽还复来"的李白，向来给人轻财、好义、重情的印象。难道，他这次真的被汪伦赠送的财物给迷住了？

历史上的汪伦又是怎样的一个人？李白离开时所乘坐的船上真的载着八匹名马和许多织锦吗？

汪伦是什么人？

在宋代人编的《李太白文集》中，这首诗的题目下面有小字作的标注："白游泾县桃花潭，村人汪伦常酝美酒以待白。伦之裔孙至今宝其诗。"

这段文字是说，李白在泾县桃花潭游玩时，"村人"汪伦经常以自己酿造的美酒来款待李白。直到宋代，汪伦的后人仍珍存着《赠汪伦》这首诗。

如果宋代人标注的话是实情，那么汪伦应该是一位会酿美酒的村民。

而有的学者则在泾县汪氏家族的族谱中有了新的发现。

族谱记载，汪氏家族是泾县的豪门大族。汪伦又名凤林，做过泾县县令。他任县令期满后回到故乡，居住在桃花潭附近。李白就是在那时候去泾县游玩的。

在李白的诗集中，还有两首《过汪氏别业》。这两首诗写李白在落叶纷飞的季节，到汪伦壮观气派的别墅中游玩，受到了很好的招待。《赠汪伦》应该就是这次游玩结束后，李白离开泾县时写给汪伦的诗。

这样看来，李白辞别汪伦时所乘坐的船上，虽然不一定像袁枚说的那样载着八匹名马和许多织锦，但装载着丰盛的土特产一类的礼品，应该也不是什么意外的事。

那么，吃喝玩乐尽情，赠送礼物丰盛，就能打动李白，让这位大诗人写下这首令汪伦名垂诗史的绝句吗？汪伦真正感动李白的地方是什么呢？

答案就在这首诗里。

踏歌是怎样的歌舞？

诗的前两句，仅仅叙述了这样一个事实：李白在登上船将要出发的时候，忽然听到岸上传来踏歌的声音。而诗的后两句，直接就转到了对汪伦送别诗人的美好情谊的赞颂上。

我们仔细品味就会发现，"岸上踏歌声"是李白忽然听到的。一个"忽"字，写出了诗人的意外和惊喜。一个"闻"字，写出诗人是先听见岸上传来的声音，后转过身去，看到岸上踏歌的。

那么，踏歌是怎样的歌舞，又为什么能如此迅速地触动诗人的心灵，使他瞬间就被友人送别的深情打动呢？

踏歌是我国古代的一种群体歌舞。表演踏歌时，人们手

拉着手，用脚踩踏地面，打出节拍，一边舞蹈，一边唱歌。南宋大画家马远的《踏歌图》，就描绘了四位农夫在田间小路上表演踏歌的情形。云南巍宝山文昌宫清代壁画《踏歌图》中，则描绘了许多人围成一圈，在乐器的伴奏下踏歌而舞的情形。

由此可以看出，感动李白的，正是岸上这场突然开始的、场面盛大的踏歌表演。李白之前对这场为他送行的歌舞表演是毫不知情的。而就在他登船告辞、转身即将出发的时候，踏歌声响起了。这很出乎他的意料，让他既感到突然，又感到无比惊喜。他那容易感动的诗人的心，一下子就被击中了，被彻彻底底地打动了。

那么，又是谁精心设计了这场突然开启的歌舞表演呢？

当然是汪伦。

送别的艺术

中国是一个诗的国度。那些脍炙人口的古代诗歌，以优美的语句、真挚的情感、动人的品格，被人们永久地传诵着。

《赠汪伦》是一首优美的送别诗，是被送行的诗人赠给送行者的诗。

从诗中李白的反应来看，汪伦堪称"情圣"。为什么这么说呢？因为汪伦情商极高，珍视感情，是一个很善于为朋友着想并在平凡生活中营造出感动的人。

试想，如果他提前就告知诗人自己将要安排一场盛大的踏歌表演来为诗人送行，诗人还会这么感动吗？

而当一场经过精心设计与周密安排的情意浓浓的踏歌表演出乎意料地呈现在眼前时，不要说易于感动的诗人，就是平常人，也会被打动。

汪伦导演这场送别歌舞，是为了表明自己对李白这位诗人朋友有多么在意，多么上心，多么珍视。当这种美好而真挚的情谊被以非常含蓄的方式表达出来时，诗人怎能不被深深地感动呢？

大诗人李白，当然也是一位"情圣"。他在黄鹤楼送别乘舟而下去往扬州的朋友——大诗人孟浩然，好友乘坐的船只消失在水天相接的地方后，他仍然伫立在江边，远远地望着浩浩荡荡的江水，不肯离去。

"孤帆远影碧空尽，唯见长江天际流。"这是李白在送别

孟浩然时写下的诗句。这位别有慧心的"情圣"诗人，当然懂得一位情感真挚的友人传递给他的是一种怎样的感情。

《赠汪伦》之所以感人，首先是因为它表现出了诗人与友人之间美好的情谊。这种互相把对方看得无比珍贵的感情，是人生中格外美好、格外动人、格外幸福的心灵体验。我们从这首诗中，也许可以学会如何送别自己的朋友，学会如何在生活中为所爱的人制造一场惊喜。

诗 的 写 法

这首诗的语句很平实，看上去并不十分像一首好诗。然而，朴素的语言往往最动人。

诗的前两句，用了平铺直叙的写法叙事。一个"将"字，写出踏歌声响起的微妙时机。可以看出，汪伦为送别诗人，对这场歌舞的安排是怎样的用心。一个"忽"字，则写出了诗人的意外和惊喜，也验证了汪伦十分用心的策划安排赢得了诗人的感激和感动。

诗的后两句，写汪伦送别情谊的深挚。诗人先用夸张的写法表现桃花潭水的深，又以桃花潭水的深来衬托汪伦送别自己的情谊深，这就让诗句更加耐人寻味了。

诗人对汪伦的感念，同样真挚。全诗仅二十八个字，诗人竟在精练的诗句中，嵌入了自己和汪伦的名字（汪伦的名字，竟在诗题和末句中先后出现了两次），我们不得不说，这是诗人有意的安排。

元代诗人范梈在批选《李翰林诗》卷二时曾评价此诗说："此非必其诗之佳，要见古人风致如此。"意思是，从写法来看，此诗未必称得上出色，但诗中所表现出的古人的风度品格，才是更重要的。

汪伦以真情打动了诗人，赢得了诗人真诚的赞美与感激，并因这首诗而名垂千古。这首诗，总能让人想起友谊的可贵。

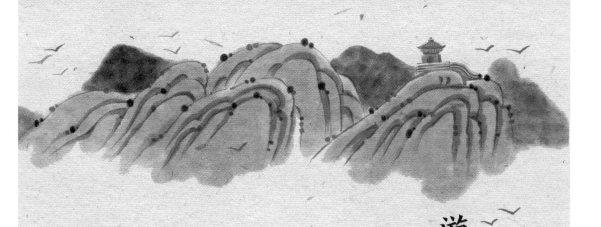

游春：大诗人笔下的春天

——读杜甫《江畔独步寻花》（其六）

　　杜甫是我国唐代一位伟大的诗人。

　　他的诗，真实地记录了安史之乱前后唐王朝由强盛转向衰败的历史过程，记述了他个人以及同时代人民的遭遇和喜怒哀乐，为历史研究者提供了鲜活生动的资料，因而被称为"诗史"。

　　杜甫在苦难中仍关心国家和人民的命运，以顽强的精神抒发平定动乱、振兴国家的愿望，有着"圣人"的情怀，在艺术上也达到了极高的成就，对后世影响深远，他因此被称为"诗圣"。

　　杜甫的一生，几乎是在漫游、奔波和艰难困苦中度过的。而在四十九岁至五十四岁的几年，他和家人在成都西郊浣花溪边的草堂中，度过了一段相对安定和平静的时光。

　　草堂就是用茅草搭建的房子。杜甫在朋友的资助下，花费两年多的时间，建造了一个可以安定居住的家。他是一个非常热爱生活的人，从他的诗来看，他还在自己的房前屋后种上了喜爱的树木和花草。

组诗《江畔独步寻花》共七首，就是杜甫在定居草堂时期写下的。大多数学者认为，这组诗作于762年的春天。我们来欣赏其中的第六首：

江畔独步寻花（其六）

〔唐〕杜甫

黄四娘家花满蹊，千朵万朵压枝低。

留连戏蝶时时舞，自在娇莺恰恰啼。

"步"

从诗的题目，可以推测出诗人的心情。

"江畔"指江水边，也就是江岸。这里所说的江，其实是杜甫所住草堂边的浣花溪。浣花溪连着穿成都城而过的锦江，诗人在自己的诗里，常把浣花溪称为江。

"独步"就是独自散步。"步"在甲骨文、金文中写作：

甲骨文   金文

这些字，多像一前一后的两只脚正在行走啊。"步"的小篆和隶书写法已经和今天的写法很接近了：

小篆   隶书

"步"在古代通常指速度不太快的步行、行走。速度快的奔跑，古人称为"走"（"走"的古文字形 ，下面的"止"表示脚，上面像一个人在甩动双臂奔跑）。很显然，即将步入老年的诗人杜甫是在浣花溪边独自散步，而不是奔跑。

他为什么要去那里散步呢？

"寻花"就是出游赏花。"寻"有找、探求的意思。赏花的人，总要这里看看，那里瞧瞧，端详这一种或这一朵花，再寻找下一种或下一朵花，以便充分感知花儿的美。

成都的春天气候温暖，浣花溪边植被茂盛，百花盛开。

爱花的诗人，心情悠闲喜悦，自然要慢慢走，细细看，好好
欣赏一番了。

"满"与"低"

从整组诗来看，诗人被浣花溪边的花海所吸引，本想约
草堂南边的邻居（也是诗人的一位酒友）一起出来赏花。可
惜那人喜欢外出喝酒，十天半月不回家，于是诗人只好独步
寻花了。

这组诗写了诗人所经过的不同地方和看到的不同景象，
第六首写他走到黄四娘家附近时看到的景象。

黄四娘是一位姓黄的、在家中排行第四的女性。娘即娘
子，是唐代人对女子的称呼。

"蹊"指小路，这里指通往黄四娘家的小路。这是一条不
同寻常的小路，一条开满鲜花的小路。一个"满"字，写出
小路两边的花很多、很茂盛。可以看出，黄四娘像诗人一样，
也是一个爱花、爱美、爱自然的人。

黄四娘家门外的小路上，都种了什么花呢？诗人没有
写，但我们从"千朵万朵压枝低"这句可以推断出小路上的

花不仅多，而且是花朵比较大、花瓣比较稠密的品种。"千朵万朵"照应上一句中的"满"字，是说花到处都是，非常多。一个"低"字，则写出了这些花朵沉甸甸的重量。花朵争相怒放，重重叠叠，把花枝都压弯了，压低了。

开头的两句诗，写出了花的多和盛，写出了春天的无限生命力。然而，这只是写到了花朵的热闹与繁盛，诗中更富有生机活力的角色还没有登场呢。

"戏蝶"与"娇莺"

好了，蝴蝶来了！

蝴蝶扇动着翅膀，上下翻飞，在花丛中游戏着，玩耍着，像是在跳欢乐优美的舞蹈。蝴蝶不停地在黄四娘家门外的花丛中飞来飞去，好像无比喜爱那里，不舍得离开。

于是，诗人写道："留连戏蝶时时舞。"

"留连"指因陶醉于游乐而不舍得离去，也有恋恋不舍的意思。

这时候，刚好有一只在大好春色中安闲自得、自由快乐的黄鹂，啼鸣出婉转的歌声，传入诗人的耳中。黄鹂身体娇小，歌声无比柔细优美，好像在欢迎诗人，又好像在为蝴蝶的舞蹈伴唱。

诗人用"自在娇莺恰恰啼"结束了这首诗。

好了，蝶舞，莺啼，有舞，有歌，这个春天一下子变得更加热闹了。花，已经开得很热闹了；蝶和莺，更衬托出黄四娘家春花的美好，表现出春天的活泼与生机。浓浓的春意，满得好像都要溢出来了。

"恰恰"

关于诗中的"恰恰"，学者们有不同的理解。

有人认为"恰恰"是象声词，模拟了黄鹂的叫声。

有人认为黄鹂并不这样鸣叫，"恰恰"和上句中的"时时"一样，表示常常、频频，有多而密的意思。

有人认为"恰恰"是恰巧、刚好的意思。

这些学者都举出了唐诗或其他唐代语言材料中的例子，来证明自己的观点是对的。

而我们仔细品味诗意，就会发现，诗人在写戏蝶与娇莺时，带有明显的拟人意味。"留连""自在""舞"都是拟

人化的表述。如果把"恰恰"理解为恰巧、刚好，那么莺的啼叫恰好出现在诗人到来时，这在诗人看来就成了有意、用心的行为，就有了人情味。这和诗中的趣味、情调是非常吻合的。

而且，把"恰恰""时时"都看作是表示时间的副词，也更能显示出杜诗用字的讲究。

所以，"恰恰"表达恰巧、刚好的意思，也许是诗人杜甫的真正用意。

对我们作文的启示

这首诗表达了杜甫对花的热爱，写出了春天花朵的繁盛与大自然的勃勃生机，有一种自由自在、令人欢喜的情调，是一首杰出的写景诗。

南宋诗人、诗评家刘辰翁评价这首诗："每诵数过，可歌可舞，能使老人复少。"意思是说，每次都把这首诗诵读几遍，人会禁不住要唱歌跳舞，这首诗能让老年人变得年轻。

这是多么有感染力的诗篇啊！

在描写景物方面，这首诗可以带给我们一些很好的启示。

当我们描写景物时，要像诗人那样，不但写出看到了什么景物，还要尽可能地写出景物的特点和情态。

写出花朵的颜色和样子，通常是不难做到的。而这首诗用一个"低"字，写出了花朵的重量，表现出花开得很大、很茂盛。这是令人感到很新鲜的。

杜甫是一位对世界怀有深情的诗人。他在另一首著名的诗《春夜喜雨》中，同样写到了花的重量。"花重锦官城"中，一个"重"字，写一场随风潜入夜的春夜小雨过后，花朵被雨水润湿，变得更重了，却没有受到任何伤害，更突出了这场春雨的可喜。

此外，我们要像诗人那样，不但写出景物的样子，还要写出景物所触发的感受和想象。

蝴蝶飞，黄鹂鸣，是容易写出的。而蝴蝶的"戏"，对黄四娘家花丛的"留连"，黄鹂的"自在"，啼声似有用心的"恰恰"，则需要加入一定的感受和想象才能够写出。这样，我们笔下的景物就会变得更加生动活泼，更加有情、有意、有趣味了。

希望小读者们读了这首描写春天的诗，也能够写出自己眼中美丽的季节和景物。

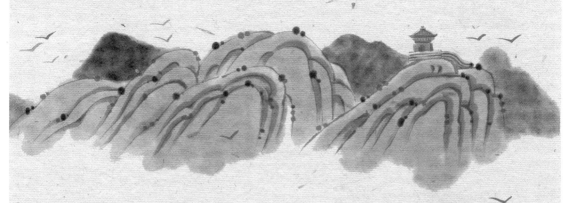

母爱：临行的歌吟

——读孟郊《游子吟》

　　唐代诗人孟郊的《游子吟》，是一首流传很广、深入人心的歌颂母爱的诗。

游子吟

〔唐〕孟郊

慈母手中线，游子身上衣。

临行密密缝，意恐迟迟归。

谁言寸草心，报得三春晖。

"游子吟"

　　"吟"是一个读音低沉的字眼，本指叹息声，通常因忧愁、痛苦而发出。"吟"也是一种诗歌的体裁，古人因动情而哼唱出的诗，常称为吟。东汉语言学家刘熙在《释名·释乐器》中说，吟出于忧愁，所以声音严肃低沉，让人听了禁不住发出凄婉的叹息。

"游子吟"是一种古代诗歌的题目，可以配乐哼唱。相传西汉苏武、李陵所作的古诗中写道："请为游子吟，泠泠一何悲！"

可见，《游子吟》或许在汉代就已经出现了，通常表达低沉、悲伤的情绪。孟郊的这首感激母爱的《游子吟》，是很著名的一首。

孟郊和他的母亲

孟郊的父亲是一位低级官吏。他为家庭留下了孟郊和两个弟弟，就过早地去世了。一家人的生活全靠母亲打理，其中的艰难可想而知。

孟郊很孝顺母亲。比孟郊小十七岁的韩愈，在写给他的信中称他"事亲左右无违"，意思是说孟郊在母亲身边照顾，不曾违背母亲的心意。

孟郊对母亲的感情很深。他长期在外漂泊，在《归信吟》一诗中写道：

泪墨洒为书，将寄万里亲。

书去魂亦去，兀然空一身。

他给母亲写信时，眼泪伴着墨汁。当信发出后，他的心魂似乎也随着信离开了，只剩下一具躯体失神地站立着。

他还写过一首《游子》，写母亲倚在门前，盼望他回家。萱草，古人认为是一种可以让母亲忘记忧愁的花草。而在诗中，母亲思念自己的儿子，根本无暇去欣赏它们：

萱草生堂阶，游子行天涯。

慈亲倚门望，不见萱草花。

孟郊的一生几乎都在贫困中挣扎。他写了许多表现愁苦悲哀生活的诗。他曾经多次参加科举考试，却一再落第。他写诗道："弃置复弃置，情如刀剑伤。"意思是说，他一再地遭到科考的抛弃，心情如同被刀剑割伤一样痛苦。

直到四十六岁时，孟郊才在母亲的鼓励下再次参加科考，中了进士。五十岁时，他被选任为溧阳尉（掌管治安的小官）。他就任溧阳尉后，将母亲接到任所，据说《游子吟》就是他在这时写下的诗。

"游子身上衣"

《游子吟》的前四句，描绘了一个孟郊十分熟悉的生活画面：

慈祥的母亲手中拿着针线，为即将出门远行的儿子缝制在外漂泊时身上要穿的衣服。儿子出发在即，可母亲的针线仍缝得那么细密。她希望把衣服缝得结实一点，因为她担心儿子远行后迟迟难以回家，衣服不耐穿，早早就破了……

这样的场景，是处在古代农业社会里的中国人异常熟悉的，也是诗人一再经历过的。孟郊在他的诗里，多次写到"游子衣"：

秋风游子衣，落日行远道。(《怨别》)

影孤别离月，衣破道路风。(《叹命》)

长为路傍食，着尽家中衣。(《远游》)

商山风雪壮，游子衣裳单。(《商州客舍》)

岁新月改色，客久线断衣。(《寄卢虔使君》)

他穿着母亲缝制的衣服，漂泊在秋风中、孤月下、道路旁、风雪里……

他在异乡所遭受的苦难和屈辱越多，就越是思念自己的母亲，越是怀念贫寒家庭中亲情的温暖……

当我们更多地了解了孟郊的生活，更多地读了他描写悲苦生活的诗，我们在读到《游子吟》时，就很难不被它打动了。

"寸草心"与"三春晖"

好在如今孟郊终于有了一份政府部门的工作。当他安顿好了一切，亲自迎接母亲到他工作的地方时，心里涌现的仍是母亲一次次为他缝衣、送他远行的场景。

他好想好好地回报母亲的深恩啊！可是，他写道："谁言寸草心，报得三春晖。"

谁说小草那微薄的心意，能够报答得了整个春天的阳光的恩情呢？

在诗人的心中，那像无处不在的春日阳光般的母爱，是无法报答的。

这两句诗里，凝聚着诗人对母爱无限的感激，也许，还有他因无法为母亲提供更好的生活而心生的惭愧。

"三春"指整个春天，春季共有三个月。诗的最后两句，用小草无法报答阳光的恩情，来比喻儿子报答不了母亲无微不至、温暖慈祥的爱，十分含蓄，意味深长。同时，小草心意的微小与阳光普照的广阔，也形成了鲜明的对比。诗句用反问的语气，也更能引人深思。所有这些，都让这两句诗具有了令人回味无穷的魅力。

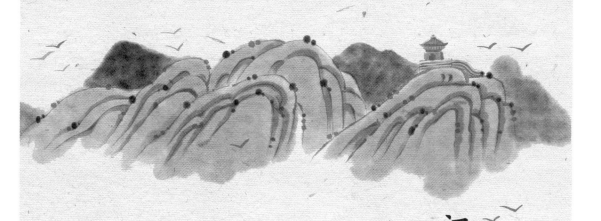

江山：月光朦胧望洞庭

——读刘禹锡《望洞庭》

　　洞庭湖在湖南的北部、长江南岸，是我国第二大淡水湖，面积广大，向来有"八百里洞庭"的说法。它汇集了多条河流，湖水由湖南岳阳的城陵矶流入长江。洞庭湖因湖中的洞庭山（即君山）而得名。君山是山，也是岛，远看像一枚巨大的田螺矗立在湖水中。

　　唐长庆四年（824年）八月，五十三岁的诗人刘禹锡结束了夔州（在今重庆奉节县）刺史（地方长官）的任期，又被派往和州（今安徽和县）担任刺史。他沿着长江顺流而下，赶往和州任职，途中在岳阳停留。在一个明月皎洁的夜晚，诗人观赏了洞庭湖，写下了《望洞庭》。

望洞庭

〔唐〕刘禹锡

湖光秋月两相和，潭面无风镜未磨。

遥望洞庭山水翠，白银盘里一青螺。

"望"

"望"的甲骨文和金文写作：

甲骨文

金文

甲骨文的"望"字，像一个睁大眼睛的人踮起脚来，眺望远方。

金文的"望"字，右上角增加了象形字"月"，表示人在眺望月亮。金文的"望"字应该写成"朢"，左上角的"臣"表示眼睛。古人把"臣"替换成声旁"亡"，"望"就写成了今天的样子。

"望"的本义是远远地看。这首诗里写的，就是诗人远望洞庭湖和湖中的君山时看到的景象。

"和"

"和"是一个形声字，本义是音乐或歌声和谐，后引申

出不同事物互相交融、和谐相处的意思，又指心情的和谐、喜悦。

秋天天气凉爽，皎洁的月光洒在广阔无垠而又平静的湖面上。壮阔的湖面与无边无际的天空连成一片，仿佛在月光中交融。洞庭湖上的夜色，明亮，宁静，优美，和谐。

第一句诗中的"和"字，隐隐让我们感受到，面对着如此美妙的景色，诗人的心情也是安宁、喜悦的。

刘禹锡曾参与王叔文的变法，变法失败后被贬官。他三十四岁离开京城，长期在偏远的地方任职。和他一起被贬官的柳宗元，长期沉浸在悲哀、孤独、忧愤中。刘禹锡虽然也曾感到失落，却能保持着一种积极、乐观的心态。他性格开朗，胸襟博大，写下了很多风格豪放的诗，被后人称为"诗豪"。在这首《望洞庭》里，我们也可以透过景物的描写，感受到他乐观、淡定的心态。

"镜未磨"

在这个美好的夜晚，天空中没有一丝风。月光下平静的洞庭湖面（潭面），就像一面未经打磨的镜子，一片朦胧。

唐代人所用的镜子通常是铜镜，平常使用时要经过打磨，才能清晰地映照人影。刘禹锡的诗集中有一首《磨镜篇》，就讲述了一个被尘土遮蔽了的铜镜，经过磨镜人的细心打磨而重新变得光洁明亮的故事。

"潭面无风镜未磨"，写出了洞庭湖在月亮清辉的笼罩下，湖面水汽缥缈、如烟似雾的朦胧美。月光下风平浪静的洞庭湖面，安宁、温柔而又神秘，令人陶醉。

"山水翠"

"翠"是形声字，本指一种青绿色的雌鸟，也叫翠鸟。翠鸟的羽毛是青绿色的，泛出明亮的光泽，后来人们就用"翠"来表示这种颜色。

远远望去，洞庭湖与湖中的君山，一片翠绿。"翠"是一个很美的字眼，既写出了洞庭湖山水的颜色，又写出了美丽的山水在月光下泛出的奇异光亮，还写出了诗人对眼前景物的喜爱。这里用"翠"字来形容山水，显然要比用"绿"字好得多。

"银盘"与"青螺"

"盘"的繁体字写作"盤"。"般"的本义是旋转。"般"字左边的"舟"指船,右边的"殳"指手(又)拿着篙调整船的方向,打个转。"般"有旋转的意思,以"般"为声旁的"盤",是一种圆形的、又浅又扁的盛食物的器皿,也有圆的意思。

夜晚,平静的洞庭湖面在月光映照下泛着银色的光,就像一个白银做成的盘子。诗人把月光下的湖面比作银盘,这与之前将湖面比作镜,有着紧密的照应。因为无论是镜还是盘,它们都是圆的,这样的比喻就写出了远望中洞庭湖面的形状。

"青螺"是深绿色的田螺,这里用来比喻湖中的君山。

洞庭湖壮观辽阔,唐代的洞庭湖更加宽广。刘禹锡的前代诗人孟浩然、杜甫,都写过观赏洞庭湖的诗。

孟浩然在《望洞庭湖赠张丞相》中写道:"八月湖水平,涵虚混太清。气蒸云梦泽,波撼岳阳城。"平旷开阔的湖面,仿佛包含着整个天空,而湖面的波涛,几乎要把坚实牢固的岳阳城也撼动了。

杜甫在《登岳阳楼》中写道："吴楚东南坼（chè），乾坤日夜浮。"洞庭湖让吴、楚大地朝东南方裂开了一个大口子，仿佛整个天地都日夜浮动在其中。他们诗中的洞庭湖，是何其壮观！

　　然而，在诗人刘禹锡的眼中，无比壮阔的洞庭湖，不过是一面铜镜、一个银盘，而高耸的君山，不过是白银盘中一粒深绿色的田螺。八百里洞庭，顿时缩微成一件可供把玩的盆景。

　　诗人以小写大，用生活中常见的器物，来比喻自然界中无比壮观的事物。这不仅表现出诗人非凡的才思，更映衬出了他那开阔的心胸和乐观、豪放、浪漫的人格与气度。

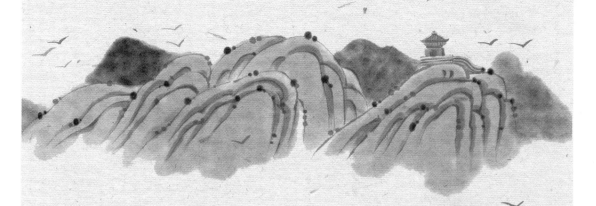

感秋：秋鹤翔空，豪气凌云

——读刘禹锡《秋词》（其一）

秋词（其一）

〔唐〕刘禹锡

自古逢秋悲寂寥，我言秋日胜春朝。

晴空一鹤排云上，便引诗情到碧霄。

志　　向

中唐的诗人中，刘禹锡算得上是很有性格的一位。

刘禹锡是洛阳（今河南洛阳）人，他的父亲刘绪为躲避安史之乱，带领全家迁居嘉兴（今浙江嘉兴），他小时候在那里度过。刘禹锡二十二岁时考中进士。在中举前后，他登上五岳中最为险峻的西岳华山。

站立在高山之巅，俯视群峰，他想到：人的一生要有所作为，不应把生命消磨在安逸的生活中。他在《华山歌》中写道："丈夫无特达，虽贵犹碌碌。"他认为，一个大丈夫，应该具备高尚的品德、出众的才华和非凡的作为，如果不是这样，即使身份显贵，也没有什么意义。

被　　贬

刘禹锡渴望在政治上有一番成就。

805 年，他和柳宗元等人积极参加了王叔文领导的政治革新运动。这次改革汲取安史之乱的沉痛教训，推行了许多旨在削弱宦官和藩镇势力的有效措施，想要把大唐王朝从宦官专权、藩镇割据的泥潭中拯救出来。

革新运动遭到宦官和藩镇势力的猛烈攻击，只进行了半年就失败了。刘禹锡、柳宗元等八人因此被贬，出任边远地区的地方官，史称"八司马"。刘禹锡被贬为连州（今广东连州）刺史，走到半路，又接到朝廷新的命令，被贬为朗州（今湖南常德）司马。他在朗州待了近十年，直到 814 年年底才回到长安。

再　　贬

　　第二年的春天，刘禹锡和同时被朝廷召回的柳宗元等人一起赏花，事后写了一首《元和十年自朗州至京，戏赠看花诸君子》："紫陌红尘拂面来，无人不道看花回。玄都观里桃千树，尽是刘郎去后栽。"

　　暮春赏花，是唐代人的风俗。玄都观是长安的一所道观。诗人用指桑骂槐的手法，在诗中奚落了那些朝廷新贵。意思是说：玄都观中的桃树，全都是在我老刘离开长安之后才栽培出来的。如今朝中的权贵们，不过是排挤了我之后才上台的。

　　这首诗流传开来，当然得罪了不少要人，也惹恼了皇帝。于是，刘禹锡又一次被赶出京城，不但补上了到连州去"体验生活"的一课，还辗转于夔州、和州等地，前后又度过了十多年的贬谪生活。

又　　来

　　事情并没有就此结束。

　　十四年后，当刘禹锡返回长安任职，又一次在暮春时节到玄都观赏花时，观中的桃树已经不复存在，地上长满了青苔，一丛丛野菜花在春风中摇荡，仿佛含着意味深长的笑意。他写下一首《再游玄都观》："百亩庭中半是苔，桃花净尽菜花开。种桃道士归何处？前度刘郎今又来。"

当时，反对王叔文革新的人大都已经死去，刘禹锡借此来讽刺他们不能长久，大有一种"笑到最后才是笑得最好"的意味。

颂　　秋

刘禹锡有着如此豁达而顽强的性格，他的诗也是如此。

《秋词》（其一）历来被认为是最能代表他的诗风的作品。中国诗人向来有着一种悲秋的情结。落叶纷飞、万物萧疏、霜风凄紧的景象，总易于引发他们忧及自身的悲凉情绪，他们的诗歌也便充满了哀愁的叹息。但是，刘禹锡发出了与众不同的声音。

诗的前两句，便对秋天作了一个热情的、与众不同的评价：自古以来的诗人们每逢秋天便要慨叹身世的凄凉，可在我看来，秋天的景象比春天还要美好！

　　接下来，他借一只凌云而上的白鹤对空阔无边的天空的追求，来抒发自己对自由境界的向往。"排"在这里是推开、冲出的意思。诗人笔下的白鹤，不是悠闲脱尘的形象，而是充满力量感的顽强不屈的大鸟。它扇动着巨大的羽翅，推开、冲破身边云气的阻挠，翱翔在蓝天上，飞得那么高，那么远……白鹤的身上，展现出一种昂扬奋发的精神风貌。这首诗据说是诗人谪居朗州时所写，因此读来更能感受到他精神的可贵。

画　　意

　　在诗歌中发表议论，容易破坏诗歌的形象感和意境美，因此被视为写诗的大忌。刘禹锡这首诗中的议论气息也多了些，但它并没有沦为一首平庸的作品，因为诗人并没有因为重视主观感受的抒发，而忽略对于形象和意境的刻画和营造。

　　不用很深地去体味，我们只要读到"晴空一鹤排云上"的句子，想象一下在晴朗高远、空旷无垠的碧蓝天空中，一只雪样洁白的鹤凌空飞翔的样子，就早已陶醉在这诗意中了。我们真应该钦佩刘禹锡在诗中构图设色的画家眼光呢！

诗　豪

　　刘禹锡似乎从来都不曾对生活失望过。

　　他的朋友白居易曾写诗赠给他，感叹年老令人感伤，他却写诗回答说："莫道桑榆晚，为霞尚满天。"（《酬乐天咏老见示》）

　　在另一个秋天，他听到秋风衰飒的声音，写出这样苍劲有力的句子："马思边草拳毛动，雕盼青云睡眼开。"（《始闻秋风》）秋天似乎更能够激励他的志向。

　　他在模仿民歌而创作的《浪淘沙》中说："莫道谗言如浪深，莫言迁客似沙沉。千淘万漉虽辛苦，吹尽狂沙始到金。"生活的苦难，倒成了磨炼他人格的砺石。

　　因此，我们也就不难理解在《陋室铭》中，他用"山不在高，有仙则名。水不在深，有龙则灵"引出"斯是陋室，惟吾德馨"时表达出的自信；在《酬乐天扬州初逢席上见赠》中，他用"沉舟侧畔千帆过，病树前头万木春"表现出的乐天达观的性格和不甘沉沦的决心——世界依然美好，面对千帆竞飞、万木争春的景象，每个人都应该力求振作。

　　白居易称刘禹锡为"诗豪"，这是一位杰出的诗人、一

位真正的知音送给他的光荣称号。刘禹锡的诗，虽然也不乏苦闷的哀唱，但更多的作品，却总能使人获得对生活的信心，给人以积极向上的力量。

"晴空一鹤排云上，便引诗情到碧霄。"傲视困境、坚定不移、始终保持自信的气概，迎接苦难、超越苦难的情怀，奔腾向上的生命活力和弃旧图新的乐观精神，永远给人以激励。

让我们也不断地在超越困境的追求中，提升和开阔自己的人生境界吧！

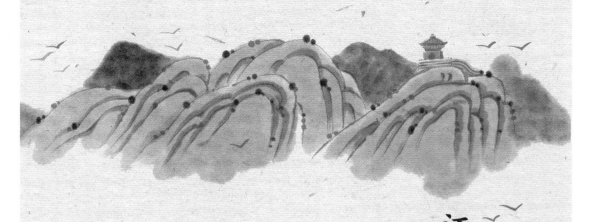

江南：白居易的晚年回忆

——读白居易《忆江南》

　　唐代大诗人白居易晚年住在洛阳，以"忆江南"为题写了一组词。这组词共三首，其中第一首写道：

　　江南好，风景旧曾谙。日出江花红胜火，春来江水绿如蓝。能不忆江南？

　　这首词表达了他对江南的怀念。那么，白居易和江南有什么关系？他又对江南哪些景色念念不忘？我们从几个方面来欣赏这首词。

白居易与江南

　　白居易出生在河南新郑，晚年定居洛阳，去世后又埋葬在洛阳龙门石窟对面的香山。可以说，他是一位不折不扣的河南诗人。

十一岁时，白居易随做官的父亲搬到了徐州的符离。不久，为了躲避战乱，他又跟着亲人逃到了相对安定的苏州和杭州。此后，他在十五岁之前，一直漂泊在苏、杭一带。他对江南，有着美好的印象。

四十四岁时，白居易被贬为江州（今江西九江）司马，在那里写下了著名的长诗《琵琶行》。

五十一岁时，白居易回到少年时生活过的杭州，担任刺史。他在那里疏浚水井，保证百姓的饮水，又治理西湖，修筑大堤，以阻挡钱塘江水倒灌，破坏农田。他在杭州度过了三年充实而愉快的时光，为百姓做了不少好事。离任时，百姓扶老携幼，拦在道旁为他送行。

五十三岁的白居易，又担任了苏州刺史，在苏州待了一年多。虽然这时他先后得了眼病和肺病，还因骑马受了伤，但他工作仍然非常勤奋，带领百姓开凿山塘河，修建堤坝，很受百姓爱戴。

白居易长时间生活在江南，对江南很有感情，难怪他会在晚年时写词来怀念江南。

"谙"

"谙"读 ān，是一个形声字。

"讠"（言）为形旁，表示这个字的意思跟说话、诵读有关。

"音"为声旁。"音"今天读作 yīn，但以"音"为声旁的字，如"暗"（àn）、"黯"（àn）、"揞"（ǎn）等，都读 an，只是声调不同。

古代的字书认为，"谙"的本义是大声朗诵、记忆。一个人能够通过朗读、吟诵达到记忆的程度，对记忆的内容当然会非常熟悉。《说文解字》中说"谙，悉也"，就强调了"谙"有"熟悉"的意思。

诗人对江南当然十分熟悉，也无比热爱和怀念。开篇的"江南好"三个字，干脆利落地表达了他对江南的一往情深。

"江花"与"江水"

在这首词里，诗人重点回忆了江南春天的花朵和碧绿的江水。

"日出江花红胜火，春来江水绿如蓝"用了互文的手法。也就是说，我们在欣赏这两句诗时不能将它们分开来理解，而应该互相结合在一起，加以体会和品味。这两句诗，是"你中有我，我中有你"的关系。

　　这两句诗的意思是：当春天早晨的阳光映照在鲜艳的花朵上时，美丽的红色花朵比燃烧的火焰还红；而春天的江水一片碧绿，比岸边的蓝草还绿。

　　这样的描写，不仅写出了江南花朵的色彩，还写出了花儿争相怒放的勃勃生机；不仅写出了江水颜色的喜人，还交代了江南的江边种满绿色蓝草的独特风俗。

　　朝日的红，花的红，江水的绿，蓝草的绿，互相映衬，色彩鲜明，境界开阔，充满生机，这是多么令人怀恋的景象啊！

　　诗人在江南生活多年，对江南风景那么熟悉，值得写的事物实在很多。而他在短短的篇幅中，仅仅拮取了"江花""江水"所构成的壮丽图景，就写出了江南春天的无限生机。这种通过写部分景色而使人联想起江南风光全貌的写法，是很巧妙的。

"蓝"

有些小朋友在读到"春来江水绿如蓝"时，总会把"蓝"理解为蓝色，沿着这个方向去思考，难免会纳闷：春天的江水，怎么会绿得像蓝色一样呢？这不是矛盾的吗？

其实，"蓝"在这里并不表示蓝色，而是指蓝草。这个字上面的"艹"，很美妙、准确地揭示了这一点。

《说文解字》中说："蓝，染青草也。"意思是，"蓝"是一种可以染出青色（指天蓝色、蔚蓝色）的草。

原来，蓝草又叫蓼蓝，是一种用来制作染料的植物，在唐代的江南地区被广泛种植。这种草的叶子在生长时是深绿色的，经采摘加工后可以提炼出蓝色的染料，用来给布料染色，所以才被称作蓝草。

蓝草已经够绿的了，而在诗人眼里，春天的江水比蓝草还要绿，足见诗人对江水的喜爱。

反　问

如果这首词的最后一句写作"真的忆江南！"，你还会那么喜爱它吗？

诗人以简洁的语句，把江南的景色描写得那么美丽，那么让人喜爱，却并不直接说出自己对江南的怀念，而是在词的最后用了一个反问句式，把思考留给读者。诗人写道："能不忆江南？"

每个读者在面对这样的提问时，都不禁会帮助诗人回答道："那还用问吗？江南当然是太值得怀念了！"

这样一个反问句，更加含蓄也更加深情地表现出诗人对江南深切的怀念。

这首词写出了江南的美和诗人对江南的爱，唐代时就已经家喻户晓。在今天，当人们怀念江南时，仍会情不自禁地吟诵起它。

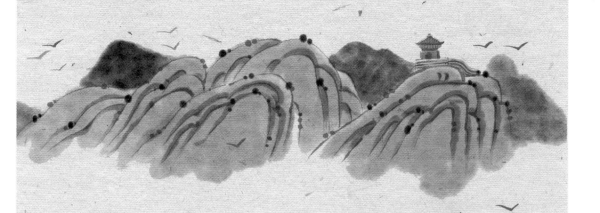

孤独：画境与心境

——读柳宗元《江雪》

《江雪》是唐代诗人柳宗元最著名的一首五言绝句。

江雪

〔唐〕柳宗元

千山鸟飞绝，万径人踪灭。

孤舟蓑笠翁，独钓寒江雪。

这首诗充分展示了中国古典诗歌的魅力。它仅仅用二十个字，就勾画出了一幅冷寂的《寒江独钓图》。

我们先来欣赏这首诗所描摹出的动人画面。

画　　面

这是一幅色彩单调的水墨山水画。

画面可以是朦胧的落雪场景，也可以是澄明的雪后场景。不管怎样，这都是一幅场面无比宽广辽阔的山水画。

在一个无边无际的世界里，除了颜色略深的江面，几乎到处都是积雪的影子。所有的山峰都被积雪覆盖，再看不到飞鸟的影子；所有的小路都被积雪掩埋，再看不到行人的踪迹。这个世界只剩一片寂静，弥漫着无处不在的冷清。

就在离画面中心不太远的地方，略微偏向一角的位置，寒冷的江面上，有一叶孤零零的小舟。小舟在整个画面中非常微小，样子却描绘得非常清晰。依稀可以看到，在小舟中间稍微靠前的位置，坐着一位披着蓑衣、戴着斗笠的老翁，他正侧着身子，支着鱼竿垂钓。

这一定是一幅写意画，用简洁的笔墨勾勒出群山、江面的轮廓，只对那一叶小舟和小舟上的老翁进行略微细致的描绘。

天地间一片寂静，一片冷清，要不是江面上那位耐着寒冷孤独垂钓的老翁，这画面就显得死寂了。而当我们发现，在辽阔的群山的映衬下，宽阔的江面上竟然有一位垂钓的老翁，这个画面就突然有了一点生命的气息。

镜　　头

这首小诗虽然很短，画面感却极强。

我们如果闭上眼睛，完全可以把这首诗想象成一部由黑白摄像机拍摄而成的短片。我们如果把诗人柳宗元想象成一位摄像师，似乎可以分明地感受到他在怎样处理着他的镜头。

短片的开始，是一个场面无比宏大的远景。广角镜头缓缓移动，覆盖着积雪的连绵无尽的群山中，再不见鸟飞；曾经行人络绎不绝的山间和水边的小径也被积雪所掩，再不见人的脚印。世界一片萧索凄凉。

镜头也会偶尔拉近一下，摄入小径边覆盖着积雪的枯石、衰草，让人更感世界的冷寂。但诗人主要是用广角镜头在拍摄远景，以表现出这个世界的寥廓和寂静。

当镜头慢慢移动，对准江面上一个微小的黑点时，才逐渐推近，让我们隐隐约约地看到那是一叶孤零零的小舟。

镜头慢慢聚焦，我们终于可以看到小舟上还坐着一位披着蓑衣、戴着斗笠的老翁，他蜷缩着身体，静静地支着鱼竿垂钓。我们看不到他的脸，只能由他落满了雪花的破败的蓑衣和斗笠以及蜷缩的侧影，推测出他已在这寒冷、寂寥的江面上停留了很久，并感受到他的固执与倔强。

随即，镜头离开老翁，渐渐拉远，又切换为广角。镜头越来越远，场景越来越广阔，整个寒冷萧索的江面上只有一叶小舟，和小舟上披着蓑衣、戴着斗笠的老翁越来越微小的侧影……

随着镜头的移动，我们不由得好奇：在这样一个寒冷、萧索、寂静的世界里，只有这样一位老翁还在静静地垂钓。他身边既没有亲人，也没有朋友，是多么孤独而又固执的一位老人啊！我们也不禁会想：诗人为什么要在诗中描绘这样一个画面呢？

人　　生

柳宗元出生在中唐时期一个官宦家庭。他的父亲、叔叔，以及父亲的叔叔，都曾在朝廷做官，父亲的叔叔甚至做过相当于宰相的官职。

柳宗元自小文才出众，二十一岁就考中了进士。二十六岁时，他通过了博学鸿词科（选拔博学且善于写文章的读书人的考试科目）的考试，先后担任集贤殿正字（为朝廷编修

图书的校对官）、京城长安附近蓝田县的县尉（负责治安的官员）、监察御史里行（负责监察官吏、巡查地方、纠正冤假错案、监督朝政的官员）。

柳宗元出生时，安史之乱刚刚结束，大唐王朝已经由强盛转向衰落。就在他童年的时候，割据一方的藩镇势力还在不断地发动叛乱，威胁着朝廷的安全。而在朝廷中，宦官掌握着权力，政治一片混乱。一些有社会责任感的读书人，希望通过变法来削弱藩镇和宦官的势力，让国家再次强大起来。

唐顺宗即位后，以王叔文为首的一些官员发起了"永贞革新"，三十三岁的柳宗元也参加了这场变法，在朝廷担任礼部侍郎（负责朝廷礼仪的司级副官）。变法遭到藩镇、宦官和守旧势力的反对，正月发起的革新，随着唐宪宗的即位，在八月就失败了。

王叔文先是被贬，不久被杀。柳宗元、刘禹锡等八人分别被贬为边远地区的州司马（帮助州刺史管理下属及各种事务的官员，实为闲职）。九月，柳宗元被贬为邵州司马。十一月，他还没有到任，又被贬为永州司马。

柳宗元在永州生活了九年，直到四十三岁时才接到皇帝的诏令，返回京城长安。他本以为这次回京会得到重用，然而在长安待了不足一个月，他又被贬为柳州刺史，再次远离京城，一直到四十七岁病死在柳州。

心　　境

柳宗元这样一位希望为国家振兴出力的杰出官员，后半生却一直在边远的贬所度过。他内心的痛苦是可想而知的。

非常不幸的是，他三十四岁时，刚刚到达永州，年迈的母亲就病死了。他三十八岁时，九岁的女儿也病死在了永州。后来，他的从弟柳宗直陪他到达柳州，刚到柳州一个月，也病死了。

仕途上的不如意，加上生活中各种不幸的打击，让柳宗元的诗中常常充满了一种痛苦而绝望的情绪。他在写给京城亲人和老友的《与浩初上人同看山寄京华亲故》中写道："海畔尖山似剑铓，秋来处处割愁肠。"他被贬官到边远的海边，在充满凉意的秋天，他觉得那里的山峰就像利剑的锋芒一样，一下下地割裂着他的愁肠。

柳宗元是一位敏感的诗人。他写于永州和柳州的文章和诗歌中，常弥漫着一种清冷、悲凉的情绪。可是，他又是一

位具有不屈人格的诗人。他以屈原为自己的精神榜样，不向朝廷新贵乞求原谅，也决不肯陷害自己的同志，以换来处境的改善。

当我们对诗人有了这样的了解，再去欣赏这首《江雪》时，就不难从中体会到诗人那悲凉、孤独而又高傲、不屈服的心境。

诗中所描绘的是一个荒凉、寂静、冷清的世界，大地被积雪所覆盖和掩没，一片空阔。"绝""灭"这样的字眼，让人感到了诗人对世界的绝望。"孤""独""寒"这些字眼，又表现出他发自灵魂深处的孤独感。

然而即便如此，一位倔强的老翁却依然披着蓑衣，戴着斗笠，一个人坐在一叶小舟上，镇静地与空茫的天地对峙，对抗着这个严酷的世界。这首诗所描绘的画面中，又蕴含了诗人多么高傲不屈的精神啊！

人们热爱这首诗，不单是因为它描绘出了一幅绝美的画面，更是因为它是诗人美好人格的寄托与写照。

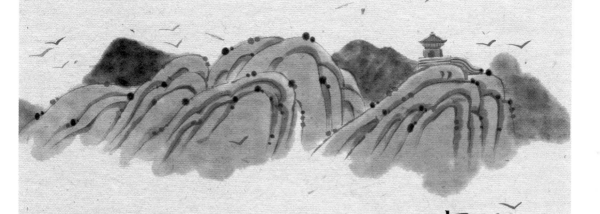

怀古：历史的玩笑

——读杜牧《赤壁》

赤壁

〔唐〕杜牧

折戟沉沙铁未销，自将磨洗认前朝。

东风不与周郎便，铜雀春深锁二乔。

生 不 逢 时

杜牧出身于一个显赫的家族。他的爷爷是连任三朝宰相的大学者杜佑。这种出身，让杜牧一直感到很自豪。他也很希望自己像祖上那样，在政治上大有作为。

杜牧写过许多谈论政治、军事的文章，如《罪言》《守论》《战论》等，有着高明而深刻的见解。他还曾为著名的军事著作《孙子兵法》作注解。他提出的军事思想被朝廷采纳，多次帮助唐朝军队赢得胜利。这都显示了他非凡的才能和抱负。

然而，对自己期许甚高的杜牧，却生逢一个衰落的时代。弊端重重的唐朝，再也难有振起的希望。再加上天性与人为的限制，杜牧步入仕途后的道路并不像他想象的那样顺利。志向远大却又生不逢时的杜牧，不免为人生的变化无常而感慨。

周 郎 之 便

在《赤壁》中，诗人由一截残破锈损的断戟，联想到了三国时期的赤壁之战。

三国周郎——东吴的大将周瑜，常被古人描述得近乎完美：出身高贵，少年得志，功业卓著，三十四岁就率领孙、刘联军大败一世枭雄曹操的八十万大军。他才艺非凡，风流倜傥，还娶了一位"国色"美女为妻，赢得了无数女性的爱慕。据说东吴流行一句俗语：曲有误，周郎顾。意思是，周瑜精通音律，能够听出乐手演奏的失误。那些暗恋周瑜的女艺人就故意错弹曲调，以引起周瑜的注意。

然而，就是这样一位卓尔不凡的英雄人物的非凡功业，

却被杜牧在诗中轻易地否定了。诗人认为，如果不是那场东风帮了周瑜的大忙，嫁给孙策的大乔和嫁给周瑜的小乔，也都要被曹操抢到行乐的地点铜雀台去了。

在这首诗中，"东风"成了一种促使英雄获得成功的历史机缘的象征。诗人的言外之意就是：周瑜之所以成功，也不过是因为生在那样一个时代，而且刚巧遇到了那样一场"东风"。如果不是那样的话，周瑜恐怕也会像自己一样，虽有雄才大略却无处施展。由此看来，历史上的一切成败，也不过如同历史开的偶然的玩笑罢了。

调 侃 戏 说

这首诗，明显带有一种戏说调侃的味道。

首先，据有些学者考证，《赤壁》写于杜牧担任黄州（治所在今湖北黄冈）刺史时。诗中所写的赤壁是黄州的赤壁矶，位于长江北岸。而赤壁之战的旧战场在今湖北赤壁，位于长江南岸。此赤壁显然非彼赤壁。熟悉战争史的杜牧应该是知道这一点的，他却移花接木，采用了戏说的手法，恐怕是有用意的。

又据《三国志·吴书九·周瑜鲁肃吕蒙传》记载，孙策与周瑜所娶的，是乔姓人家的两个女儿。杜牧称她们为"二乔"，"二乔"也成了此后文学作品中对这两位美女的称谓。据考证，历史上的曹操对"二乔"似乎并未抱有太大热情。将"二乔"牢牢控制在铜雀台的念头，恐怕只是杜牧一时的突发奇想。名著《三国演义》受杜牧影响，承袭了这个玩笑式的说法。

既然地点和事件的真实性全不可靠，那么诗人写自己从江边捡来一截断戟，亲自打磨清洗，并认出是"前朝"赤壁大战的遗物，读者也就有理由认为这个情节是虚构的了。

历史的玩笑

诗人为什么要戏说这场历史呢？这源于他对历史和人生独特的理解和认识。

一生都在自强振作与颓唐放浪中摇摆的诗人，或许常常会思考这样一个问题：究竟是什么样的力量，在操纵着人生的成败、幸运与不幸？

他或许隐隐感觉到自己受了历史的捉弄。那么，三国周

郎在赤壁之战的成功，在他眼里也就成了历史所开的另一场玩笑。人生的成败，幸运与不幸，往往并不全由自己来决定，而是与许多不可预知的机遇直接相关。在抚今追昔的思索中，诗人用一种洒脱超然的态度为他的人生疑问找到了答案，并借此排解了人生的苦闷。

受此诗影响，杜牧的后继者、被贬到黄州的宋代大诗人苏东坡也将错就错，把发生于"三国周郎赤壁"的历史画卷搬演到了黄州赤壁。他的许多"赤壁"题材的诗文，使得黄州赤壁的影响力反倒远远超过了真正的赤壁。

说来，这也真像是历史又开了一场玩笑。

自然：一位奇特的赶路人

——读杜牧《山行》

《山行》是晚唐诗人杜牧的诗。

山行

〔唐〕杜牧

远上寒山石径斜，白云生处有人家。

停车坐爱枫林晚，霜叶红于二月花。

从诗的题目不难看出，这是诗人在山中赶路时所作的诗。诗中的"霜叶"二字，表明此时正是深秋时节。这时候的天一定又高又蓝，空气一定很凉爽、很清新。

平常人赶路，便只是赶路。但诗人赶路，既要赶路，又要欣赏一路的风景，还要作诗。

诗中虽然没有写到一个"我"字，我们却在每一句诗里都能感受到诗人的存在。我们不得不说，这位诗人，是一位奇特的赶路人。

停　　车

　　诗人不是一般的赶路人，从诗的第三句可以发现，他是有车一族。

　　这辆车，因为他的需要，而在山路上行驶。这辆车，也可以随时根据他的需要，而在途中的任何地方停下来。我们不难发现，诗人是一位生活和社会地位都比较优越的人。

　　别人赶路，通常是急匆匆地赶往目的地，而他赶路，似乎只是为了赶路。他没有告诉我们他将到哪里去，他似乎也并不急着到那里去。他只是告诉我们他在赶路时看到了什么，为什么停下来，以及想到了什么。

远　　看

　　诗人看到了什么，又想到了什么呢？

　　他看到一条山石砌成的小路，歪歪斜斜的，一直延伸到山

上去。这条石径，并非他要走的路。一个"远"字表明这只是他远远看到的小路，而他的车只能行进在比较宽阔的山道上。

他还看到远处的山顶上，或者山腰间，在白云悠闲飘荡的地方，居住着人家。

那是怎样的人家呢？他也许要展开一阵遐想了。他一定很向往那里的人家，因而久久地仰望着那里。

他觉得，那些白云是"生"出来的。中国古人对天地自然的理解，有一套独特的哲学。古人常常认为，石为云根——山中的云，是从山石中生长出来的。一个"生"字，写出那些云是活着的，是有生命和情感的，是可以在天空中悠然地移动的。它们既可以向上升腾，也可以向下漫延飘散，还可以左右飘移。诗人也许会觉得，他在看云，而那云，也在看他。如果用"升"字，是表现不出这种感觉的。

只是看山、看云、看石径、看人家，就已经够令人神往的了，诗人却有他更喜爱的景色。

霜　叶

诗人为什么停下来了呢？

"停车坐爱枫林晚。"停下车不再赶路，长时间地逗留在山路上，是因为喜爱枫林晚秋的景色。原来，山路的两边，到处长满了枫树。经过了秋风和寒霜作用的枫叶，有的红，有的黄，呈现出无比绚丽灿烂的色彩。

秋天本是万物衰败凋零、令人感伤的季节，可诗人并不这么看。他觉得，这些经霜的秋叶，比春天二月里的鲜花还要红艳，还要美丽。富有智慧的人，总是在任何时候都能够发现身边世界中的美，发现人间的可爱。

坐

诗句中的"坐"是"因为"的意思。这种用法在汉代就已经出现了。汉乐府诗《陌上桑》里，写耕田的人忘了自己的犁，锄地的人忘了自己的锄，回到家里遭到妻子的埋怨，"但坐观罗敷"——只是因为看罗敷。诗中的罗敷是一位无比美丽的姑娘，这些人忘了自己该做的事情，而情不自禁地长时间去看罗敷，这就从侧面表现出了罗敷的美。

而现在，诗人停下了车，看的不是罗敷那样美丽的姑娘，而是比二月花还美的霜叶。

　　他并不急着赶路，而是为了欣赏途中大自然的美，随时停车，随时驻足，流连忘返，沉醉其中。他难道不是一位奇特的赶路人吗？

凝　视

　　诗人不是一个走马观花式地欣赏美的人，他要停下来细细地看，慢慢地欣赏。只有对生活和世界充满了深情和热爱的人，才能够随时发现生活与世界中动人的美。也只有这样的人，才能够成为优秀的诗人。

　　作家曹文轩先生到各地的中小学演讲，总是不断地提醒孩子们说："未经凝视的世界是毫无意义的。"当我们懂得停下来，对身边的人和事物进行深情的凝视时，才有可能发现生活中到处充满感人的故事，世界上到处都有迷人的景色。我们的生命，因此才变得更加丰盈、美好和有意义。

　　杜牧就是一位善于凝视、善于发现美的诗人。他用这首小诗，给我们的生活和写作带来了丰富的启示。

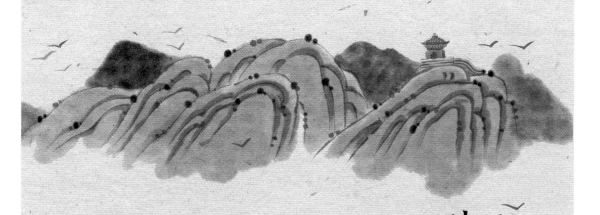

时空：隐痛与暗伤

——读晏殊《浣溪沙》

北宋词人晏殊是历史上一位著名的神童。

据《晏氏宗谱》记载，晏殊五岁时，看到自家附近路边的白塔和青松，就作了一首诗：

白塔青松古道栖，塔高松矮不能齐。

时人莫讶青松小，他日松高塔又低。

一条古道的旁边，立着一座白塔和一棵青松，白塔高大，青松矮小，它们是不平齐的。可是，年幼的诗人却提醒当时的人们：不要为青松的矮小感到吃惊，将来总有一天，青松会长得比白塔还要高！

这首小诗，显示了小晏殊非凡的抱负和自信。

看上去一切都很美好

在许多人看来，晏殊真的是拥有了开挂的人生。

晏殊七岁时，写诗作文就很出名了。十四岁时，他以神童的身份被推荐到京城，参加朝廷的考试。真宗皇帝亲自为他出题，他一点也不紧张，发挥得非常出色。皇帝很喜欢他，当即赐给他与进士相同的身份。要知道，这可是绝大多数读书人一辈子也得不到的荣耀，而晏殊在十四岁时轻轻松松就得到了。

之后，他留在京城，在皇帝身边上班，后来还承担了教导太子的工作。年轻的太子继位成为宋仁宗后不久，晏殊就被任命为管理全国军队的副首长，后来还担任了宰相。虽然他也曾被贬为地方官，但他的一生，总体来说是比较平顺和优裕的。在很多人眼里，这位"太平宰相"享有着令人羡慕的富贵人生。

的确，歌舞和酒席，伴随着晏殊的日常生活。他几乎每一天都要举办宴会，甚至常常整夜欢乐地饮酒，直到天亮。从他的《浣溪沙》词中，也不难看出这一点。

浣溪沙

〔宋〕晏殊

一曲新词酒一杯，去年天气旧亭台。夕阳西下几时回？

无可奈何花落去，似曾相识燕归来。小园香径独徘徊。

看哪，词人一首接着一首填出新的曲词，交给歌女们演唱，然后一杯接着一杯地喝酒。去年就是这样的天气，也是在这些亭台上，也是直到夕阳西下，参加宴会的人们才散场。这是从词的上片不难看出的信息。词人的家中，应该有一个不小的园林。从词的下片我们可以看出，这个坐落着亭台楼阁的园林中，还有一条落满了鲜花的小路——香径。

词人生活中的一切，看上去真的都很美好啊！

可是，他快乐吗？

隐痛与暗伤

细心的读者，是不难读出隐藏在词人内心深处的忧伤的。

参加今天歌舞宴会的人都是谁？是词人和自己的朋友、妻子，还是自己心爱的歌女？

一首首填词，一杯杯饮酒，一曲曲歌唱，本应是当下无比快乐的事，词人为什么却偏偏想起了去年呢？

同样的填词、饮酒、歌唱，同样的天气、亭台、夕阳……又是什么，和去年不一样了呢？

"几时"也就是"何时"。"夕阳西下几时回"，词人究竟是在问谁何时回来？是夕阳、朋友、妻子，还是心爱的歌女？

词人很含蓄，只是把他眼前所看到的景物展示给我们，却不肯告诉我们更多。这是为什么？

花儿落了，春天要远去了。词人不想让花儿零落，不想让春天逝去，甚至不想让夕阳落下。他一定想过很多办法，想要挽回这一切。可是，有用吗？

无可奈何！事已至此，无法可想，完全没有办法！

花儿虽然落了，好在燕子回来了。成双成对、高高低低飞着的燕子，好像还是去年的那一双吧！真的是去年的那双燕子吗？好像是，又好像不是，词人也无法相信自己的眼睛了。他只是觉得似曾相识——好像曾经见过。去年那双燕子，真的还会回来吗？

"无可奈何花落去，似曾相识燕归来。"这两句对仗十分

工整，语言浅显明白，写的也是眼前平常的景物，却写出了词人非常微妙细腻的心理感受。

词人有很多想要说又不能说的话，深深地藏在心里。这时候，在园中飘满了落花的小路上，他一个人走过来又走过去，独自徘徊着。

末句中的"独"字，是整首词的"词眼"。词人独自默默地忍受着一种无法言说的痛苦和忧伤。这是怎样的痛苦和忧伤呢？

学者们研究了大量晏殊的生平材料，试图揭开他内心的秘密。他们发现，这位富贵宰相的生活中，其实有着许多的隐痛。

晏殊二十三岁时，弟弟晏颖和父亲相继去世了。晏颖同样通过了真宗皇帝的考试，被誉为神童，获得皇帝青睐，却在刚刚十八岁时突然病逝。晏殊二十四岁时，母亲和妻子李氏先后去世。晏殊三十八岁时，第二位妻子孟氏又去世了。他续娶了王氏，并喜欢上一位歌女。每当他的词人朋友张先来他家中时，他总是让这位歌女来唱张先所填的词。王氏很妒忌这位歌女，晏殊只好让歌女离开了自己。

无论是逝去的亲人，还是消失在人海中的所爱的人，都被一种看不见、摸不着、听不到、说不清的事物带走了，带进了一个永不见底的黑洞中。

带走这一切的，是时间。

时间与生命意识

时间就像一条河流，会带走我们每个人眼前的一切。一切在时间中消失了的事物，就再也无法回到我们身边。

诗、酒、歌声、天气、亭台、夕阳、落花、燕子，一切仿佛还都和去年一样，其实一切都已经不同了。每一天的夕阳带走的时光，也不会再回来。生活中一切美好的事物，终将被时间的河流裹挟着，一去不复返。哪怕是贵为宰相的晏殊也无法改变这个事实，只能发出"无可奈何"的叹息。

词人的心上，有一处伤痕。这是时间所造成的伤痕，是一处暗伤。

有人说晏殊的这首词表达的是词人对春天逝去的惋惜，也有人说它表达的是词人对一个人的思念。我们不妨说，它表达的是词人对时间与生命的无可奈何的感悟。

时间的流逝无法阻止。年轻人总觉得有大把大把的时间

可供挥霍。只有那些曾经在时间中丢失过无数美好事物的人，才会感到时间带来的疼痛。从这一点来看，这首词也许是晏殊中年以后所作。

任何一个热爱生命的人，都是珍爱时间的人。他们的心上都有着一处时间带来的暗伤，每当触碰到，都会产生无法言说的隐痛。这隐痛会时时提醒他们：要珍惜所拥有的一切，善待身边的每一个人，努力做好当下要做的每一件事。

拥有时间和生命意识的人，才会拥有真正的人生。

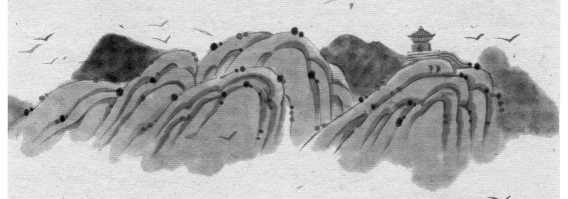

赏月：更爱这不圆满的人间

——读苏轼《水调歌头》

水调歌头

〔宋〕苏轼

丙辰中秋，欢饮达旦，大醉，作此篇，兼怀子由。

明月几时有？把酒问青天。不知天上宫阙，今夕是何年。我欲乘风归去，又恐琼楼玉宇，高处不胜寒。起舞弄清影，何似在人间。　转朱阁，低绮户，照无眠。不应有恨，何事长向别时圆？人有悲欢离合，月有阴晴圆缺，此事古难全。但愿人长久，千里共婵娟。

苏轼的《水调歌头》是中国词史中著名的咏中秋的佳作，是中国人十分喜爱的中秋词。

具备一点古典诗词素养的中国人，每逢中秋之夜，仰头望见一轮皎洁的明月挂在天空，总会情不自禁地吟出"明月几时有"的词句。在万家团圆的时刻，无法与亲人团聚的人们，也总以"但愿人长久，千里共婵娟"来寄托对亲人健康平安的美好祝愿。

可以说，这首词道出了整个中华民族，乃至全人类祈盼生活美满和团圆的共同心声。那么，苏轼是怎样写出这首词的呢？词中又寄托了他怎样的思想情感，表现了他怎样的精神人格呢？

中秋、月与酒和思念

词前的小序，透露出不少珍贵的信息。

"丙辰中秋"，表明这首词作于宋神宗熙宁九年（1076 年）的中秋之夜。由于不赞同王安石变法而受到排挤，苏轼主动要求离开京城，去地方任职。在杭州任职三年后，他被调任密州知州，如今已是他在密州的第二个年头了。他和弟弟苏辙在五年前的春天分别，至今还没有再见过面。

北宋时期，中秋已经是一个重要的节日。人们在这个月圆之夜，一起赏月、饮酒、游玩。这是一个让人格外思念亲人的夜晚。

"欢饮达旦，大醉"，这夜的月光应该很好，苏轼看上去很开心，喝酒到天亮，喝得"大醉"。

从人类诞生开始，月亮就以它的宁静、神秘和皎洁的光明吸引着人们，引起人们的疑惑、思考、憧憬、想念、感动……无数杰出的诗人，在苏轼之前就已经写下了大量歌唱赞美月亮的诗篇。

在月色如此美好的中秋之夜，欢聚的喧闹散去，美酒带来的醉意渐浓，月光的逗引让人内心无法安静，对弟弟的思念如丝缕般在心头萦绕纠缠。才华无与伦比的苏轼拈起笔，"作此篇"，抒发对时世的感慨，"兼怀子由"，并寄托对弟弟苏辙（字子由）的思念。

可以说，这是一首在中秋之夜，由月光、酒和思念催生出的千古名篇。

欲 归 难 归

"明月几时有？把酒问青天。"词的开篇，即从月写起。因为，不仅这首词，甚至当夜发生的一切，都是它惹的事。

天是可以问的吗？醉酒时是可以的。被称为"谪仙人"的唐代大诗人李白，在醉酒时写下了"青天有月来几时？我今停杯一问之"（《把酒问月》）的句子。苏轼的句子里，分明有李白的腔调。

我们常常惊奇，苏轼何以写下那么多脍炙人口的佳作？如果认真体会他的作品，就不难发现，他可不是"一个人在战斗"。古代优秀的典籍、杰出诗人的佳作，他早已烂熟于心。自身的修养加上对前人作品刻苦的学习，令他拥有了丰富的语言和情感、敏捷的思维、深刻的思想、卓越的人格，拥有了"开挂"的文学人生。

词人接着写："不知天上宫阙，今夕是何年。"也不知道天上的宫殿里，今夜是什么年份。"今夕是何年"是唐代传奇小说《周秦行纪》和著名道士吕洞宾《忆江南》词中都曾经出现过的话，苏轼对此无疑是很熟悉的。

为什么要打听天上的事呢？因为他想要回去。"我欲乘风归去"，"归去"两个字告诉我们：苏轼本是从天上来的。

真的吗？难道只是因为他真的喝醉了？

这位才华卓异、年纪轻轻就名满京华的词人，难免像李白那样有点自命不凡。而且无论在当时还是后世，都有人把自号"东坡"的他称为"坡仙"。他的风度和人格，是当得起这样的称谓的。也许，他早已把月宫当作自己"旧游的灵境""神秘的故乡"。

　　他觉得自己本就是从天上来的。现在，在酒的催发之下，他的身体渐渐变得轻盈，他想要回到天上，回到月宫中。

　　可是，"又恐琼楼玉宇，高处不胜寒"。他立刻又担心起来。那美玉砌成的仙宫在远离尘世生活的高无边际的天空中，那里的寒冷是他无法承受的啊！"不胜"，也就是受不了。

　　"起舞弄清影，何似在人间。"独自一个人在那里欣赏自己清冷的身影翩翩起舞，怎么比得上在人间的好呢？李白在《月下独酌》中曾写道自己独自在月下饮酒，并对着自己的影子起舞。

　　词的上片写词人"欲归难归"，想要回到天上去，却终究选择留下。这真是很奇异的念头和奇怪的写法。

　　表面上词人好像写了一连串醉话，其实话里藏着他的苦闷与忧虑。有着不凡抱负而又青春得意的苏轼，渴望为国效力，并坚信朝廷中有他的位置。然而，反对王安石变法，让他在朝廷中受到了排挤和孤立，被迫选择离京外任。"高处不胜寒"是他曾经的亲身感受。远在密州的他，也许是透过这番"醉话"在说：现在朝廷的情况怎样了？我要不要回去，更好地为朝廷效力呢？

　　而当他想到权力争斗的危险时，却又坚定了继续留在地方任职的决心。与"高处不胜寒"的"天上宫阙"相比，他更眷恋充满了烟火气的"人间"。

难 全 之 全

在词的下片，词人把目光重新投向了那一轮皎洁的明月。

"转朱阁，低绮户，照无眠。"明月转过朱红色的阁楼，低低地挂在雕花的窗户上，照着无法入睡的词人。

既然无法做到"兼济天下"，就做好当下的本职工作，且珍惜家庭的幸福吧。然而词人想到，他和弟弟苏辙已经分离五年有余而未能团聚了。

词人看着那轮圆圆满满的月亮，心里不由对它产生了一丝疑惑、怨怒和责备。"不应有恨，何事长向别时圆？"皎洁的明月啊，你不该是对人间有什么怨恨吧，为什么你偏偏在人们不能团聚的时候，又明亮，又圆满呢？

仕途的挫折，亲人的别离，人间的不圆满，都是既定的事实了。"人有悲欢离合，月有阴晴圆缺，此事古难全。"月有阴晴圆缺的变化，正像人间总在上演着悲欢离合的剧目，

这是从古至今都无法圆满的事情啊！词人由个人生活的不圆满，想到了整个人类世界的不圆满，认识到了万事万物的客观规律，从而得到了自我的安慰与解脱。既然整个世界都是不可能永远圆满的，那么，与其沉浸在这种无可奈何的缺憾中，还不如将缺憾放在一边，好好享受眼前的快乐呢！

"但愿人长久，千里共婵娟。"但愿我们都能够平安、健康、长久地活着，相隔千里万里，就让这光照世界的同一轮圆月带去我们对彼此的思念吧。词人以心灵的力量，突破了时间和空间的限制，以一轮明月寄托了自己对亲人的美好祝愿。词的结尾因此而充满了一种旷达、乐观的情调。

"婵娟"紧紧照应了开头"明月"两个字，词的结句，话题又回到了明月上。"婵娟"本指美人的姿态美好，因传说月宫中有美人嫦娥，所以这里用"婵娟"来代指明月。南朝文学家谢庄在《月赋》中写道："美人迈兮音尘阙，隔千里兮共明月。"意思是说：美人虽然远离，音信隔绝，但即便相隔千里，也仍可以在同一轮明月下寄托无尽的相思。后来有不少诗人都写过相似的句子。唐代诗人许浑和陆畅已经在诗中用"婵娟"来代指明月。但苏轼这两句词出现之后，之前这些名句的光芒就都被遮掩了。

苏轼是一位明知世界不圆满，却仍对不圆满的世界怀着深情与热爱的词人。他既拥有着自由丰富的精神世界，又对平凡的世俗生活充满了热爱。他热爱人间，热爱人生，虽然屡次遭受磨难和打击，却能够始终以积极、乐观、旷达的心态去面对生活和命运，以自强不息的精神去完善自我人格。他善于享受生活中的各种乐趣，把平凡的日子过成诗。他的作品对亲人、百姓、国家，乃至自然万物，无不充满了热爱。

尽管人间不圆满，却仍热爱这不圆满的人间，热爱现世的生活。这，或许才是苏轼这首词带给我们的最珍贵的人生启迪。

惜春：叶儿肥了，花儿瘦了

——读李清照《如梦令》

如梦令

〔宋〕李清照

昨夜雨疏风骤，浓睡不消残酒。试问卷帘人，却道海棠依旧。知否？知否？应是绿肥红瘦。

为 何 醉 酒

人生活中的许多往事，都终将沉没在时间的长河里，消失得无影无踪，再也无法被记起。我们已经很难知道，在那个"雨疏风骤"的夜晚，李清照的生活中到底发生了什么样的事情。

她为什么要喝那么多的酒，以至于在很深很浓地沉睡了一夜之后，第二天的早晨，残存的醉意还没有消除？

那也许是一个令她感到悲伤难过的夜晚。

她在另一首词《好事近》中写道："长记海棠开后，正伤春时节。"究竟是什么事让她"长记"，竟如此念念不忘呢？

关于李清照的生活经历，所留下的资料并不多。由于她的词缺少标题或小序等必要的文字说明，我们很难揣测她大部分的作品具体作于何时，为何而作。但如果阅读了她的全部词作，我们会很明确地感觉到李清照是一位贪杯的女性，称她为词史中的"女酒仙"，一点也不为过。

李清照所作的词，目前基本确定的有五十多首，其中二十多首都写到了饮酒或醉酒。公认为是她少女时期所作的另一首《如梦令》词，就描述了她在饮酒"沉醉"之后，驾着小船返回时迷了路，继而误入藕花丛中，惊起了一滩鸥鹭。

有的研究者认为，李清照前期的婚姻生活中虽也曾有过不小的风波与烦恼，但这位富家的女儿和妻子在她的前半生里，大体过着自由、率真、优越而任性的生活。在这首词里，夜晚的醉酒，清晨的宁静与悠闲，都可以让我们感受到这一点。

李清照为何喝醉，我们不知道。但在这首小词中，她却好比用文字记录了一段短视频，向我们描述了她起床前后的

情景与情绪。

伤春的情绪

这首小词，在历代流传的不同版本中，曾分别被标注了"春晚""暮春""春景""春晓""春容"等题目。这就说明，人们通常认为这是一首表现春天的词。

"雨疏风骤"，凝练准确地写出了山东或河南地区（李清照前半生生活在这里）春天多风而少雨的气候特点。雨点稀疏，风却很大。这样的雨，也出现在李清照另一首《点绛唇》词中："惜春春去，几点催花雨。"那或许是一首期待她的丈夫赵明诚早日归家团聚的词。

这位从醉酒后的浓睡中醒来的女子，第一时间关心的，并不是与她有着切身利害关系的事物，而是海棠花。

"试问"就是试着问，是词人在醉意未消、睡眼惺忪中，对所问问题的结果无法确定时的问。她问了卷帘人什么问题，词中并没有明说。但从卷帘人的回答中，我们很容易明白她在问：院子里的海棠花，经过一夜风雨的折磨，怎么样了呢？

"却道"二字，显示了词人对卷帘人回答的质疑。在对大自然的变化未必敏感，对海棠花是开放还是凋谢未必在意的卷帘人眼里，经历一夜风雨后的海棠花"依旧"——似乎一切都是老样子。但词人却在意识清醒后的片刻，或通过直觉认定，她所爱的海棠花，已经减损了"她们"的姿容。她虽然还没有起床去室外观看，却依据她对自然的敏锐感觉和真切经验想到：海棠的叶子又长大了一点，而海棠花却残损而枯萎了许多。

词人连用两个"知否"，表达了她对卷帘人说法的质疑，以不断强化的语气一再确定了自己的判断。她敏感地觉察到，海棠已经不是昨天的海棠了，已经变得"绿肥红瘦"。

李清照父亲李格非的老师，是宋代的大文豪苏轼。苏轼曾在《孙莘老求墨妙亭诗》中，以唐玄宗体态肥美的妃子杨玉环和汉成帝体态清瘦的皇后赵飞燕来比喻不同的书法字体各有各的美。"环肥燕瘦"本是历史上有名的形容美人的典故。而现在，李清照巧妙地把"肥""瘦"两个字用于绿叶和红花。她的意思是说：叶儿肥了，花儿瘦了。叶和花，立刻有了拟人的意味。这样精妙的字句里，暗含着词人对海棠的无限爱意，对海棠花凋残的无限惋惜，对春天即将逝去的无限留恋。

海棠的叶子，有深绿的，有浅绿的，也有嫩绿的和深红

的。海棠的花瓣，也并不尽是红色，也有或白或粉，或深红，或呈胭脂色。宋词小令这种短小的诗体，使得词人无法具体地描写海棠叶和花的颜色，她只用了"绿""红"这两个叶子和花朵最常见、最鲜明的颜色，就巧妙地指代了各色的叶子和花朵。"绿肥红瘦"的精练，历来为文学评论家所赞叹。

李清照很喜欢用"瘦"字来比拟花。在菊花即将凋谢的深秋，她思念自己的丈夫，神情日渐憔悴，写道："人比黄花瘦。"（《醉花阴》）菊花已经瘦了，而人比菊花更瘦。这样的词句，不仅触发了她丈夫对她的爱怜，也触发了历代读者对这位女词人的同情和怜惜。

词人写花瘦，其实是为了写人。花的憔悴，意味着春天的离去，也意味着美好青春的消逝。我们不难感到，这首词在平静叙述的背后，蕴含着词人因一场风雨和海棠花谢而产生的忧愁和感伤。这种伤春情绪的背后，是词人对时间流逝的无奈和对青春不再的惋惜，是对自我生命变化的敏锐意识和觉察。

这首短小的词作如此动人，是因为它可以唤起我们同样的生活感受，唤醒我们的时间和生命意识。

曲折的趣味

这首小词，总共只有三十三个字，却写了两个不同心情的人物，记录了一段一波三折的对话，写出了词人内心曲折婉转的意识流动，显得很有情趣。曲折的趣味，体现在多个方面。

词人已经"浓睡"，却并未能消除"残酒"，可见醉酒之深。虽然醉酒很深，意识仍未恢复清醒，当卷帘人将帘幕卷起的时候，词人却仍记挂着"试问"海棠的情况。

词中的人物，一个对海棠无限关切与爱怜，有着敏感而诗意的心灵，一个却只顾着照料主人，忙于当下的生活，对海棠漠不关心；一个别有用意，却因无法确定结果而发问，一个不假思索、漫不经心地随口回答；一个明明没有见到风雨后的海棠，犹疑中要问，一个看到了海棠却毫不在意，很确定地答；问的人看似不明白，问得疑惑，却又坚信海棠已"绿肥红瘦"，答的人看似明白却答得糊涂，不合实情。

于是，在这样一正一反多个层次的曲折波动中，这样一首短小的词立刻变得富有情趣，耐人寻味。

说得明白的其实不明白，问得疑惑的其实不迷惑。叙事

清楚，却又别有意味。明明白白是在说花，却又是在以花喻人。把生活中的一幕平常小事叙述得曲折而含蓄，这需要多么巧妙的构思啊！我们要把习作写得有趣，可以从李清照这首词里获得许多启示。

李清照擅长作词并取得了突出成就，被誉为"圣于词者"，的确是名副其实的。

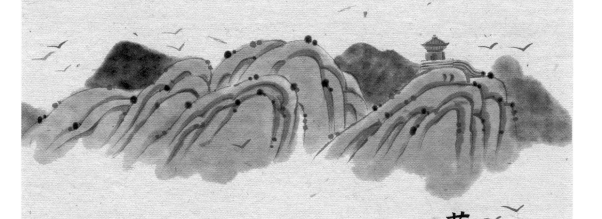

草木：为梅花传神

——读陆游《卜算子·咏梅》

　　陆游是南宋著名的爱国诗人，一生坚持抗金主张，却多次遭受打击。临终前，他仍念念不忘收复中原，在留给儿子的诗《示儿》中悲愤地写道："王师北定中原日，家祭无忘告乃翁。"

　　近代思想家、学者梁启超评价陆游说："集中什九从军乐，亘古男儿一放翁。"他认为陆游的诗集中，十分之九的篇目（这是夸张的说法）都在写从军的快乐，陆游称得上是自古以来少有的男儿。

　　让许多人想不到的是，陆游其实也是一位热爱大自然和田园生活的诗人，是一位爱花入迷的"花痴"。在他流传下来的九千二百七十一首诗中，含有"花"字的诗足有六百一十一首。他自称"海棠颠"，曾为海棠写过几十首诗。

　　但陆游最爱的，还是梅花。他的诗中，含有"梅"字的有二百一十九首，直接写到梅花的有一百四十多首。他在词中也多次写到梅花，其中最有名的是这首《卜算子·咏梅》：

卜算子·咏梅

〔宋〕陆游

驿外断桥边，寂寞开无主。已是黄昏独自愁，更着风和雨。　　无意苦争春，一任群芳妒。零落成泥碾作尘，只有香如故。

梅花的遭遇

词中所写的这株梅花，生长在一个驿站外的断桥边。驿站是古时候供传递军队或官府公文、情报和转运军需物资、贡品的人休息的场所。

这株梅花，开在无人行走、无法通过的断桥边。"寂寞"二字，说明它冷清又孤单，"无主"说明它无人栽培和照料，也无人欣赏和爱惜。可是，即便在如此荒凉、寒冷、偏僻的地方，它仍然在悄悄地绽放，奉献着自己的美丽与芳香。

然而，在黄昏时分，天刮起了冷风，下起了冷雨，这就令梅花更感到孤苦和忧愁了。"着"读 zhuó，本指穿戴，在

这里是蒙受、经受的意思。

假如命运的摧残只有这些，也还值得庆幸。但事实上，在这场黄昏时分的凄风冷雨中，梅花的花瓣纷纷凋落了。"零"的本义是雨滴从天空落下，在这里指凋落。不久以后，梅花凋落的花瓣就将被来来往往的行人与车马践踏、碾轧，融入泥土，最终化作飞尘……

诗人的象征

那么，梅花为什么会遭受这样的命运呢？

这一方面是客观环境所造成的，另一方面，这也是梅花的自主选择。

"无意"，表明梅花并不想像春天的桃李等花草那样，苦苦地、用尽全力地去争夺春光，以获得人们的宠爱。"一任"，表明梅花对来自周围的各种嘲讽、嫉妒、排挤、仇视、打压，采取听之任之、毫不在意的超然态度。

梅花坚信自己的品格，它宁肯"零落成泥碾作尘"，也不愿通过媚俗邀宠来改变自己的境遇。梅花即使被孤立、被漠视、被摧残、被毁灭，也依然坚信自己发自骨子里的香气并不会随之而改变。

当我们读到这里时就会发现，在这首词里，诗人表面上写梅花，实际上是为了写人。"寂寞""愁""无意""一任"，都是人才具有的情感和态度。诗人正是要通过写梅花，来表现自己的品格。梅花被赋予了人的精神品格，成为诗人独立人格的化身。

诗中的梅花，正是诗人的自我象征。"驿外""断桥""黄昏""风和雨""碾"，正是诗人一生艰难政治处境和频遭打击的写照；"无意""一任"，正表现了诗人不屑于媚俗争宠、独立坚定的性格；"成泥""作尘""香如故"，则象征着诗人即使粉身碎骨，也要坚持爱国理想、君子操守的精神力量。

除了题目，这首词中虽然没有一个字提到"梅"，却无比准确地写出了梅花的精神。

梅花的精神

梅是自然界的一种蔷薇科落叶乔木。梅树姿态苍劲质朴，花形端庄优雅，花色美丽动人，花香沁人肺腑，历来受到人们的喜爱。

　　同时，梅花傲雪凌霜，在寒冬或早春开放，常常被人们赋予坚贞不屈、勇敢不妥协的品格。或许正是这样的品格，才唤起诗人陆游对梅花的喜爱。

　　当诗人与驿外断桥边一株黄昏风雨中的梅花相遇的时候，梅花的处境，或许让诗人想起了自己平生的种种遭际。在一种爱花、惜花的情感的催发下，诗人将梅花视为知己，把自己的人格追求赋予自己所爱的梅花。于是，这首脍炙人口、流传千古的佳作便诞生了。

　　在中华传统文化中，梅与松、竹并称"岁寒三友"，又与兰、竹、菊合称"四君子"。梅花成为中国人十分喜爱的一种花卉，与历代诗人们的歌唱、赞美是分不开的。

　　梅花成就了陆游的这首词，这首词为梅花传神写照，也成就了梅花。

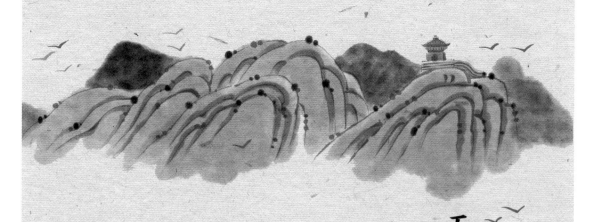

无奈：英雄的叹息

——读辛弃疾《丑奴儿·书博山道中壁》

丑奴儿·书博山道中壁

〔宋〕辛弃疾

少年不识愁滋味，爱上层楼。爱上层楼，为赋新词强说愁。　　而今识尽愁滋味，欲说还休。欲说还休，却道"天凉好个秋"！

丑奴儿是词牌名。在唐宋时期，词是配乐演唱的。词牌就是人们演唱词时所用曲调的名称，相当于歌曲的曲谱名。

人们可以根据不同词牌对曲调、字数、句式、声韵的要求来填写不同的内容，创作出新作品。所以，作词又叫填词。

同一个词牌，往往会有一些别名，比如丑奴儿又称为采桑子、罗敷歌、伴登临、忍泪吟等。从这些别名可以看出，丑奴儿适合表现低沉、感伤、哀婉的情绪。辛弃疾的这首词，就表现了这位英雄词人的无奈与感伤。

闲居的英雄

辛弃疾的确可以称得上是一位传奇式的英雄。

在他出生前，中原就被金人占领了。二十一岁时，他率领两千人投奔了农民起义领袖耿京，担任军中的掌书记。由辛弃疾介绍而加入耿京队伍的僧人义端，偷了耿京的大印投奔金人，被辛弃疾追上斩首。

后来，耿京被叛徒张安国杀害。辛弃疾带领五十名骑兵直接冲进金兵大营，在驻扎五万金兵的大营中活捉了张安国，并将他押解到南宋都城临安，在闹市区斩首示众。

这样一位英勇果断的军事奇才，归附南宋后提出了一整套抗金战略和措施，却不被当权者采纳，只能长期在地方上任职。任职期间，他平定暴乱，恢复经济，积极储备粮食，训练军队，打击豪强官吏，表现出非凡的才能。但由于触动了豪强官吏的利益，他一再被举报弹劾，罢官闲居在江西上饶、铅山地区。他生命中的后四十多年，有差不多一半的时间都是在闲居中度过的。

这首词，就是他在上饶带湖边闲居时所作的。

题 壁 词

辛弃疾四十一岁时被弹劾罢官，后居住在信州上饶（今江西上饶）的带湖边，一直住到五十二岁。他在那里建造了一座很大的别墅，并经常到带湖东南十多公里外的博山游玩。

我们从这首词中可以看出，这是词人往返博山时，在途中一处墙壁上所写的词。

题壁是中国文人一种非常古老的创作传统。官舍、驿站、寺院、酒馆甚至是普通农家的墙壁，都是诗人、画家、书法家尽情挥洒才情的地方。人们常常粉刷出一片平整洁白的墙壁供他们写画，有时甚至还要把他们留下的墨迹保护起来。

辛弃疾多次往返于博山，途中创作了大量作品，有一些就是随机题写在沿途的墙壁上的。比如，他曾在一户王姓人家的墙壁上题写过《江神子》。他还在酒店的墙壁上题词，甚至在自己家的墙壁上写下了提醒自己戒酒的词。

这首词究竟是写在什么地方的墙壁上，词人没有交代，也许是并不值得特别交代吧。

无　奈

有学者（施议对）认为，这是辛弃疾四十九岁前后所作的词。

这应该是在一个秋天，对居家已久而始终怀抱爱国之心的词人来说，往返博山的游赏并不能让他的心情好起来。词人正被一怀愁绪纠缠着。

在词的上片，词人想起了自己年轻时的样子。年轻时不知道忧愁的滋味，游玩时常常喜欢登上高楼，远眺抒怀。那时候没有烦恼，却喜欢自寻烦恼——这是一位文学青年的烦恼：为了创作出形式、内容新颖的词作，总是在勉强而刻意地写下表现忧愁的句子。

那时候的忧愁，哪里算得上忧愁哟！即便非要说是忧愁，也是一种甜蜜的忧愁。

可现在呢？

漫长的乡居生活，并没有消解词人渴望建功立业、收复中原的雄心壮志。可是随着年已老大，当理想与现实一再产生强烈矛盾的时候，词人内心的愁苦就再也挥之不去了。

如今已经尝遍了忧愁的滋味，词人是多么想把这种忧愁

说出来啊！可是，没有用的！说给谁？怎么说？说得清吗？说得尽吗？说了有用吗？

唉，想想还是算了吧！"欲说还休"，词人想说，却终于停下不说。这种难以言说的忧愁，比可以言说的忧愁更加令人痛苦。

欲说还休，欲说还休，可词人最后还是忍不住说了一句"天凉好个秋"——好一个凉爽的秋天啊！

当一个人面对理想与现实的矛盾却无可奈何、无能为力时，就只能来一句看似轻松解脱的自我解嘲了。然而，这句看似轻松、平淡、无关紧要的话，又蕴蓄了词人多么沉痛、愁苦、绝望、不甘而又无奈的情感啊！

对比与含蓄

古人对辛弃疾的这首词已经有过很精妙的解说。明代卓人月在《古今词统》里评价这首词："前是强说，后是强不说。"努力要说和努力控制住自己不要说之间，形成了强烈的对比，构成了一种更强的语言张力，更加强化了"而今"内心"愁"的沉痛与剧烈。

少年时无病呻吟的闲愁，与现在壮志难酬、功业无成、年已老大的苦闷和焦虑相对比，使得轻者更轻，重者更重，闲者更闲，痛者更痛。

但辛弃疾就是辛弃疾。学者顾随说，辛弃疾有着"英雄的手段与诗人的感觉"。辛弃疾的词既有着豪放、直接、率意的一面，又有着含蓄、委婉、蕴藉的一面。在词的最后，词人把内心无限的沉痛、苦闷和无奈都约束住了。他只是淡淡地写了一句"天凉好个秋"。无限的沉痛、苦闷和无奈，就都被这句带点调皮的话给巧妙地遮掩住了。

辛弃疾在人生中是一个英雄，约束得住他的千军万马。他在词史中也是一个英雄，约束得住他如同怒涛洪流般的情感。这是他和后来的豪放派词人很不同的地方。

我们读他的词时，要善于透过他语言轻松幽默的表面，看到他内心的巨涛和波澜，体会他把巨大的情感力量蕴蓄在一种轻松平淡的表达形式中的技巧。

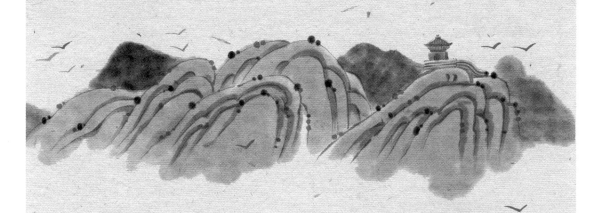

贬谪：化作春泥的落红

——读龚自珍《己亥杂诗》（其五）

己亥杂诗（其五）

〔清〕龚自珍

浩荡离愁白日斜，吟鞭东指即天涯。

落红不是无情物，化作春泥更护花。

　　龚自珍的《己亥杂诗》共计三百一十五首，实在是一组极为沉痛的诗。这组诗作于晚清坠入半殖民地半封建社会深渊的前夜——清道光十九年（1839 年）。第二年，鸦片战争爆发，虚弱而顽固的清帝国从此开始了屈辱的亡国历程。

时代的苦闷

　　1839 年是旧历己亥年。这年四月二十三日，四十八岁的龚自珍怀着难言之痛，离开生活了二十多年的京师，辞官南归。两个多月后，他才到达故乡杭州。九月十五日，他又开始北上迎接家属，直到这年腊月二十六日，才将家属安顿在苏州昆山的别墅中。

　　在这遥远的旅途中，龚自珍写下了《己亥杂诗》这组七言绝句。这组诗，仿佛漆黑的铁屋中极其悲凉沉痛的呐喊，使诗人龚自珍成为晚清泥沼中如星辰般耀眼夺目的人物。

　　在晚清时期，龚自珍以敏锐的忧患意识，预见到了国内国际的形势，他是近代中国最先睁开眼睛看世界的先进人物之一。关于这次辞官离京的原因，历来有众多的说法。从诗人离京前遭遇的一些事件中，我们可以感受到他内心的愤懑和压抑。

　　在离京前一年，他曾经被停发薪俸（工资），不得不靠向朋友借贷度日。他热情支持林则徐查禁鸦片，希望到广东协助林则徐禁烟备战，也受到阻挠。也是在这一年，朝廷以经费不足为借口，撤掉了天津水师，进一步削弱了海军的力量。龚自珍对此坚决反对，上万言书陈述利弊，但他的意见却连被上报到朝廷的机会都没有。

　　龚自珍死后二年（诗人卒于1841年），他的友人汤鹏在

所写的一条诗注中说，诗人是因为得罪了长官而辞官。大学者钱穆先生在《中国近三百年学术史》中，引用诗人的姻亲张尔田的说法，认为诗人是由于主张向英国开战，得罪了投降派大臣穆彰阿，而被迫离开了京城。

龚自珍在辞官离京半月前，曾经吐过一次血。他在写给友人吴虹生的信里说："弟因归思郁勃，事不如意，积痞所鼓，肺气横溢，遂致呕血半升。家人有咎酒者，非也。"家人将吐血归咎于他饮酒，但他很清楚这并非饮酒的原因。他内心的苦闷，恐怕是这次吐血的根源。

天 涯 之 感

《己亥杂诗》（其五）写在诗人辞官后即将离开京城时。无论如何，诗人是怀着无限的离愁别恨，离开生活了二十多年的京城的。从诗的第一句，我们便可以深切地感受到这一点。

"浩荡离愁白日斜"，离愁浩荡，这该是怎样的沉痛和留恋，又该是怎样的无奈与决绝呀！诗人离京时并未带任何随从，只是雇了两辆马车（一辆自己乘坐，一辆载着文集百卷），在日暮时分黯然离去。辞别了送行的友人，诗人踏上旅途。当他再次回望京城时，看到的只是西边天空中一轮苍白的落日。这轮西斜的"白日"，是一个值得关注的意象。它将最后的余晖洒在了京城巍峨的建筑上，似乎在昭示着一个古老帝国的沉沦。

"吟鞭"，指诗人的马鞭。与诗人有关的事物，往往前面缀上一个"吟"字，比如"吟灯""吟魂"。吟鞭东指，从此天涯孤旅！首先，诗人的家乡在浙江杭州，杭州靠近大海，自然也就是天涯。其次，诗人此时作别繁华的京城，即将开始孤寂而遥远的行程，一种寂寥空阔之感恐怕也会弥漫在心头。"天涯"一词，很好地传达了这种荒忽孤寂的心理感觉。

落　红

龚自珍很喜爱清初诗人吴伟业《圆圆曲》中的两句诗："错怨狂风飐落花，无边春色来天地。"落花的意象在龚自珍的诗中多次出现，暗含了诗人自感才能被埋没、不为当世所用而产生的悲凉情绪。

在《己亥杂诗》（其五）这首诗中，诗人把自己比作"落

红"，更赋予了落花一种凄艳的色调。也许诗人在诗笺上写下这两个字时，眼前会闪现出他"呕血半升"的场景，这让这句诗更有了一层悲壮的色彩。官场历来被称为"宦海"，风波险恶，惯经沉浮的政治家们尚且感到心惊，更何况这位性格叛逆、心灵敏感孤傲的诗人呢！无法控制自我命运的感慨，被深深地寄托在了"落红"的意象中。诗人所遭遇的悲剧不可避免，乃是他的性格与沉沦的时代之间无法调和的矛盾造成的。可就是这样，在很显凄凉的离京途中，诗人对自身价值仍然有着清晰的认识。

"化作春泥更护花。"自身凋零何足惜哉，"落红"虽残，却可以滋养出更为美艳的鲜花。诗人愿意以个人美丽的终结，来滋养出一批杰出的后继者。这句诗，饱含着他对新一代国家栋梁之材的呼唤。他在此后写出的划破夜空般的警言"我劝天公重抖擞，不拘一格降人才"，也许正是基于这样的心态才迸发出来的吧！从诗人内心的坚定、执着、沉潜，我们能感悟到他人格的力量。返乡后的岁月中，诗人虽依然奔波不止，却将更多时间花费在了丹阳书院的讲学上，最后竟然暴死于丹阳书院。他用自己的实践，印证着自己的思想和愿望。这样的诗句，总能给人以巨大的鼓舞和有益的启示。

梁启超在《清代学术概论》中说："晚清思想之解放，自珍确与有功焉。光绪间所谓新学家者，大率人人皆经过崇拜龚氏之一时期；初读《定盦文集》时往往如受电然。"这段话肯定了龚自珍（号定盦）对晚清思想解放的功绩，并赞扬龚自珍的诗文具有强大的艺术感染力。事实上，不止当时的人们从他的作品中汲取了巨大的力量，现在、将来的人们，也将从他的作品中获得心灵的感悟和滋养。

如果我们用"落红"来形容龚自珍的作品，这似乎仍是一个极其优美而贴切的意象。

后记

1992 年，我从滑县师范学校毕业。十九岁，孩子气尚未脱尽，我就做了一名初中语文教师。教书时，我常感读书太少，许多疑问无法解决，身边又没有足够的书读，就决定继续求学。

我在滑县师范学校上学时，儒雅俊朗的王彦永老师教我们文选课，常把一首诗讲得无比动人。我来到安阳教育学院读中文专科，杨景龙老师教我们古代文学。杨老师差不多是将整个生命和全部生活都沉浸在诗意中的。他讲课时情感充沛，哲思深邃，学识风度令人倾倒。

从河南教育学院中文系本科毕业后，我做了一名初中生语文阅读类期刊的编辑。因敬慕骆玉明先生的学识文笔，斗胆请先生长期为小读者开设古诗欣赏的专栏。我至今也未曾见过先生一面，却久已熟悉了先生讲诗的方式与笔调，并深心折服。

一个人在生命中的遇见和渴慕，往往会昭示着他未来的路。

我三十九岁从出版社离职，成了一名靠给孩子们讲课谋生的自由职业者。我常常试图让作品中的诗意将我点亮后，再去照亮更多孩子的心灵。优美的中国古诗感动着我，也打动了孩子们。一些孩子无比依恋我的课堂，我深知，孩子们所爱的，是我课堂上文字的趣味和诗意的亮光。

　　这些年，我常把课堂上的感动写进一篇篇解读古诗词的文章里。这些文章，被发表在不同的报刊。一转眼，我就要五十岁了。我从这些文字里选出二十篇，聚成了这本小书。

　　感谢骆玉明先生赐序，使得这本小书顿增光辉。

　　如果孩子们能因看过我的这些文字而爱上古诗，就像先生们影响到我一样，我一定会感到无比幸运和幸福！

袁　勇

2022 年 6 月 21 日

于文心书馆